Deseo™

D0375633

Hija secreta

MAXINE SULLIVAN

Walla Walla
County Library

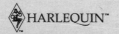

HARLEQUIN™

Editado por HARLEQUIN IBÉRICA, S.A.
Núñez de Balboa, 56
28001 Madrid

© 2010 Maxine Sullivan. Todos los derechos reservados.
HIJA SECRETA, N.º 1768 - 2.2.11
Título original: High-Society Secret Baby
Publicada originalmente por Silhouette® Books.

Todos los derechos están reservados incluidos los de reproducción,
total o parcial. Esta edición ha sido publicada con permiso de
Harlequin Enterprises II BV.
Todos los personajes de este libro son ficticios. Cualquier parecido
con alguna persona, viva o muerta, es pura coincidencia.
® Harlequin, Harlequin Deseo y logotipo Harlequin son marcas
registradas por Harlequin Books S.A.
® y ™ son marcas registradas por Harlequin Enterprises Limited y
sus filiales, utilizadas con licencia. Las marcas que lleven ® están
registradas en la Oficina Española de Patentes y Marcas y en otros
países.

I.S.B.N.: 978-84-671-9607-8
Depósito legal: B-1037-2011
Editor responsable: Luis Pugni
Preimpresión y fotomecánica: M.T. Color & Diseño, S.L.
C/ Colquide, 6 portal 2 - 3º H. 28230 Las Rozas (Madrid)
Impresión y encuadernación: LITOGRAFÍA ROSÉS, S.A.
C/ Energía, 11. 08850 Gavá (Barcelona)
Fecha impresion para Argentina: 1.8.11
Distribuidor exclusivo para España: LOGISTA
Distribuidor para México: CODIPLYRSA
Distribuidores para Argentina: interior, BERTRAN, S.A.C. Vélez
Sársfield, 1950. Cap. Fed./ Buenos Aires y Gran Buenos Aires,
VACCARO SÁNCHEZ y Cía, S.A.
Distribuidor para Chile: DISTRIBUIDORA ALFA, S.A.

Capítulo Uno

—¿Casarme contigo? —exclamó Cassandra Roth dejándose caer en el sofá.

Dominic Roth, de espaldas a la terraza y a la ciudad de Melbourne, miró a su preciosa cuñada. Si no la conociera casi sentiría pena por ella.

—Eso es. Tú y yo vamos a casarnos.

Nerviosa, Cassandra se incorporó apartando el cabello rubio ceniza de su cara.

—Pero si Liam murió hace una semana…

Dominic apretó los labios.

—Sé muy bien cuándo murió mi hermano.

Y el mes de diciembre ya nunca sería igual para su familia. El principio del verano austral y las navidades siempre llevarían el triste recuerdo de Liam.

—Y yo sé cuándo murió mi marido —replicó ella.

—Durante menos de tres años. Liam fue mi hermano durante veintiocho.

Liam había sido el más joven de la familia. Adam era el mediano y Dominic dos años mayor que Adam. Y ninguno de ellos había imaginado nunca que Liam moriría siendo tan joven.

—Eso es un golpe bajo —murmuró ella.

Dominic intento fingir que no sentía remordimiento alguno, pero la verdad era que no le hubiera dicho eso a ninguna otra mujer.

Cassandra se había casado con Liam sólo para poner sus manos en la fortuna de los Roth y su bisabuelo se levantaría de la tumba si supiera que Roth's, la cadena de lujosos grandes almacenes, estaba pagando los gastos de una buscavidas.

Dominic metió la mano en el bolsillo de la chaqueta para sacar un sobre.

—Tengo aquí una carta de Liam. En ella, mi hermano te da una explicación.

Cassandra levantó una ceja.

—¿Una explicación sobre qué?

—Sobre por qué quería que te casaras conmigo.

—¿Mi marido quería que me casara contigo?

—Quería que su hija creciera en la familia, que fuera siempre una Roth.

—Pero Nicole ya es una Roth.

Él sabía eso mejor que nadie.

—Mi hermano no quería que volvieras a casarte y pensó que lo harías tarde o temprano, especialmente considerando tu aventura con Keith Samuels.

Cassandra respiró profundamente.

—¿Tú sabías eso?

—Liam me lo contó.

—Pero no fue así, no fue una aventura.

—No me des explicaciones, por favor. No quiero saber los detalles.

Ella lo miró, trémula, pero Dominic no pensaba dejarse afectar por esos brillantes ojos azules. De modo que le dio el sobre cerrado y volvió a su sitio, observándola mientras lo abría y empezaba a leer la carta que había en el interior.

¿Cómo podía una mujer ser tan increíblemente guapa y tan falsa a la vez? ¿Cuál era su atractivo para los hombres?

El conjunto de pantalón, camisola y chaqueta rosa proyectaba una imagen de elegancia y gracia. Las sandalias de tacón le daban estilo, como los delicados pendientes de oro y la cadena que llevaba al cuello. Su maquillaje era refinado, su piel perfecta, el pelo rubio ceniza cayendo sobre sus hombros.

Pero ese rostro perfecto estaba pálido cuando terminó de leer la carta.

—¿Tú la has leído?

—No, pero Liam me contó lo que decía.

Cassandra se levantó del sofá.

—Lo siento, pero no puedo hacerlo.

—Me parece que no tienes elección.

—¿Por qué?

—La lectura del testamento de Liam tendrá lugar mañana y he pensado darte la carta hoy para evitar una escena.

Afortunadamente, sus padres estaban haciendo un crucero para ahogar su pena…

—¿Una escena? No te entiendo.

—Si no te casas conmigo en dos semanas, todas las posesiones de mi hermano irán a parar a Nicole cuando cumpla veintiún años. Tú recibirás una pensión anual hasta entonces y si necesitas más dinero tendrás que pedírmelo a mí.

—¿Qué?

5

Dominic se negaba a sentir compasión por ella.

–Liam me habló de la pensión mensual que recibías y creo que era muy generoso, de modo que tienes mucho que perder, ¿no te parece?

–Pero eso era por… esto es ridículo –dijo Cassandra entonces–. Impugnaré el testamento.

–Puedes intentarlo, pero todo está muy claro. Liam podía hacer con su dinero lo que quisiera y eso es lo que ha hecho. De modo que tendrás dinero suficiente para sobrevivir… pero puedes ir olvidando tu antiguo estilo de vida –la amenazó Dominic, mirando alrededor.

La espaciosa casa parecía recién salida de una revista de diseño. Decorada en tonos blancos, con tecnología de última generación, tenía un jardín ideal para recibir a los amigos. Dominic había estado allí sólo un par de veces, pero siempre había pensado que era ideal para Liam y Cassandra.

Pero estudiándola ahora se dio cuenta de que aquél no parecía su sitio. ¿La habría decorado Liam? ¿Y por qué no ella? La frialdad, la blancura, la automatización, todo eso debería pegar con Cassandra pero curiosamente no era así.

Dominic hizo una mueca. ¿Qué le importaba a él? Maldito fuese Liam por mezclarlo en aquel asunto. Si no hubiera ido al hospital durante el proceso de inseminación artificial. Si no…

–Olvidas que esta casa está a mi nombre –dijo Cassandra entonces–. Podría venderla.

–No, lo siento, pero la casa no es tuya. Liam puso la escritura a mi nombre hace meses.

Cassandra se puso más pálida aún.

—Dios mío… no quería que me quedase con nada, ¿verdad?

—No.

Que su marido le hubiera hecho eso, fueran cuales fueran las circunstancias de su relación, tenía que doler, pensó él.

Por supuesto, nunca había amado a Liam. Lo había demostrado cuando lo obligó a ir a casa de sus padres para morir en lugar de cuidarlo ella misma. Había llorado cuando todo terminó, pero Dominic sabía que no era una viuda con el corazón roto.

—Yo diría que no estaba en sus cabales —murmuró Cassandra.

—Su abogado te dirá lo contrario.

—¿Y qué puede impedir que me case contigo, retire el dinero y me marche?

Dominic supo que era el momento de explicarle la situación. No quería verla suplicar… a menos que fuera en el dormitorio.

Era la madre de Nicole, la hija de Liam, una niña de nueve meses que en aquel momento dormía en su habitación y no sabía qué estaba pasando entre los adultos.

—Si no te casas conmigo o te casas conmigo y luego quieres el divorcio, pediré la custodia de Nicole.

Cuando Cassandra volvió a dejarse caer en el sofá Dominic estuvo a punto de acercarse, pero se detuvo a tiempo. No tenía la menor duda de que quería a su hija, eso era lo único que la redimía ante sus ojos. Pero debía recordar que estaba luchando por los derechos legales de custodia. Nicole merecía crecer con los Roth.

Si pudiera contarle la verdad sobre la niña... pero no podía decir una palabra hasta que llegase el momento. Le había prometido a Liam mantenerlo en secreto hasta que el futuro de Nicole estuviera solucionado y sólo cuando Cassandra y él estuvieran casados.

Además, tenía que pensar en sus padres. Debía esperar hasta que el dolor por la muerte de Liam fuera al menos soportable antes de darles la noticia.

—Mira alrededor, Cassandra –le dijo–. Nicole y tú estáis viviendo una vida de lujo. ¿No crees que se podría convencer a un juez de que la niña tiene derecho a seguir viviendo de esa forma?

—El amor de una madre es mucho más importante que el dinero.

—No sé si lograrías convencer a un juez de eso. Además, una esposa infiel haría que se cuestionase la moral de esa mujer, ¿no te parece?

—Pero yo no le fui infiel a Liam –protestó Cassandra.

—Ahórratelo para el juez.

Ella sacudió la cabeza en un gesto de incredulidad.

—Esto es absurdo.

—Estoy de acuerdo –asintió Dominic–, pero es lo que Liam quería y en lo que a mí respecta voy a hacer todo lo posible para cumplir el último deseo de mi hermano.

Cassandra lo miró, en silencio, durante unos segundos.

–Dime una cosa: ¿qué consigues tú con esto, además de una esposa que no te quiere y una niña que no es hija tuya?

Dominic tardó unos segundos en contestar:

–La satisfacción de saber que mi sobrina tiene un padre.

–¿Por qué tú? ¿Por qué no Adam?

Pensar en Cassandra con Adam no resultaba agradable para Dominic. Quería mucho a su hermano, pero Adam no tenía intención de volver a casarse tras la muerte de su esposa unos años antes en un accidente. Además, él no estaba dispuesto a compartir a Cassandra con nadie. Había sido muy difícil disimular el deseo que sentía por ella cuando vivía Liam y no pensaba pasar por eso otra vez. Si el matrimonio era la única opción, y lo era, se casaría con él y con nadie más.

–Yo soy el mayor y haré lo que tenga que hacer.

Notó entonces que las mejillas de Cassandra se cubrían de rubor, pero no sabía si de rabia o de vergüenza.

–Olvidas a tus padres, Dominic.

–Mis padres han perdido un hijo, pero tienen la oportunidad de conservar a su nieta. Yo creo que lo entenderán.

–Pero si ni siquiera les caigo bien.

–¿Esperas caerles bien después de haber engañado a su hijo?

Cassandra lo fulminó con la mirada.

–Me casé con tu hermano por amor.

–Sí, claro –dijo Dominic, burlón.

–Tú siempre pensaste que me había casado con él por dinero, ¿verdad?

–No sólo por el dinero. Ser una Roth ofrece muchas otras cosas.

Ella hizo una mueca de desdén.

–Ah, ya veo. Como yo no vengo de una familia rica, automáticamente eso me hace desear lo que vosotros tenéis, ¿no? Pensé que eras más inteligente.

–Mi inteligencia no tiene nada que ver con esto.

–No, pero mi futuro y el de mi hija sí.

Dominic hizo un esfuerzo para endurecer su corazón.

–Es sólo el futuro de tu hija lo que me preocupa.

–Muchas gracias. Tal vez debería dártela ahora mismo y olvidarme de ella. ¿Eso es lo que quieres?

–¿Lo harías?

–¡Pues claro que no!

–¿Y si te ofreciera un millón de dólares?

–No me insultes, Dominic.

–¿Un millón es poco?

Cassandra lo miró, dolida.

–Estamos hablando de mi hija y tengo la intención de que siga a mi lado. Nicole es lo primero para mí.

Dominic contuvo un suspiro de alivio. Sabía que aquella mujer era una buscavidas y una adúltera, pero la posibilidad de que vendiera a su hija por dinero era demasiado horrible.

–Entonces, o te casas conmigo o nada. ¿Sí o no, Cassandra?

Ella respiró profundamente.

–Parece que no tengo alternativa.

–Ni yo tampoco, pero esto no es por nosotros.

–No, es por mi hija y ella es la única razón por la que me casaría contigo.

Dominic sonrió, burlón.

–¿Estás intentando tocarme el orgullo?

–No tengo un martillo lo bastante grande como para hacer mella en ese orgullo.

Cassandra estaba sonriendo, a su pesar seguramente, y Dominic supo que no era el martillo lo que debía preocuparle. Lo que debería preocuparle era esa sonrisa.

–Yo me encargaré de todo –dijo bruscamente.

Y luego salió de la casa sin decir una palabra más. Tenía que recordar que su hermano se había quedado obnubilado por la belleza de aquella mujer. Liam le había dado su apellido, una lujosa casa, pieles, joyas, y Cassandra lo había aceptado todo sin el menor escrúpulo.

Sí, ella le había dado la única cosa que Liam quería desesperadamente antes de morir: una hija con la que esperaba dejar algo de él en este mundo.

¿Pero de verdad había sido un sacrificio tan grande? Teniendo un hijo con Liam viviría rodeada de lujos toda la vida.

Por supuesto, lo que ella no sabía era que el lazo que tenía con su hermano había ganado a la conciencia al final.

Pero un día tendría que saber la verdad: que la hija que creía de su marido era en realidad de Dominic.

***

Cassandra se quedó sentada en el sofá mucho después de que su cuñado se hubiera marchado. Y seguía teniendo la carta de Liam en la mano.

¿Cómo podía haberle hecho aquello? Liam, el hombre que la había enamorado tres años antes, un joven guapísimo que le confesó haberse vuelto loco por ella cuando la vio trabajando detrás de un mostrador de cosméticos en los grandes almacenes Roth's...

No había aceptado una negativa, pero Cassandra deseaba que lo hubiera hecho.

Cassandra, perdóname por hacer esto, pero no tengo alternativa. Quiero que Nicole crezca rodeada de mi familia.

Su matrimonio había sido un desastre casi desde el principio. Lo había querido, pero Liam sólo deseaba llevar del brazo una mujer guapa, eso era lo único que le interesaba de ella.

Y después la acusó de tener una aventura con su amigo Keith Samuels. Ella detestaba a Keith, pero un día apareció en casa cuando estaba sola diciendo que tenían que hablar urgentemente y, mientras estaba ocupada haciendo café, aprovechó para besarla. Liam apareció en ese momento y, por mucho que le explicase que no había querido besarlo, su marido se convenció de que tenían una aventura. Keith, por supuesto, se había hecho el inocente; incluso llegó a decir que ella lo había seducido meses antes y que él intentaba romper la relación, sin duda como una coartada por si se enteraba su mujer.

El día después llegaron los resultados de las pruebas que Liam se había hecho en el hospital con la peor de las noticias y Cassandra no había tenido corazón para abandonarlo. En la salud y en la enfermedad... además, era su primer aniversario.

No es sólo por Nicole. Quiero que mis padres vean a menudo a su nieta.

Cassandra no estaba preparada para la siguiente sorpresa, unos meses después. De repente, Liam quería tener un hijo para dejar algo de él en este mundo. Debilitado por el tratamiento y no sintiéndose atractivo como hombre, le suplicó que tuvieran ese hijo por inseminación artificial.

Nicole será un gran consuelo para mis padres y eso es un consuelo para mí.

Al principio no había querido hacerlo porque no quería traer un niño al mundo en esas circunstancias, pero Liam sabía que deseaba ser madre y le aseguró que toda la familia cuidaría de ella cuando él ya no estuviera.

Aun así, Cassandra no estaba segura.

Y en medio de todo aquello, su querido padre adoptivo había sufrido una embolia y su hermana Penny, adoptada como ella, no podía ayudar económicamente. Liam, aprovechando la oportunidad, había prometido llevar a Joe a una residencia en la que lo cuidarían de maravilla. Él pagaría todos los gastos si aceptaba que tuvieran un hijo.

Y, por fin, Cassandra aceptó.

Quiero que te cases con Dominic. Sólo así estaré seguro de que Nicole sigue siendo una Roth. Él cuidará bien de la niña, te lo aseguro.

Liam le dijo que depositaría medio millón de dólares en su cuenta corriente para pagar todos los gastos, pero nunca había ingresado el dinero. Y ahora sabía por qué. Que Dios se apiadase de él. ¿Lo habría planeado desde el principio o era algo que se le había ocurrido cuando se acercaba el final? Seguramente nunca sabría la respuesta.

En caso de que te niegues a hacerlo, he dejado una carta que mi abogado entregará a Dominic. En ella cuento toda la verdad.

¡La verdad!
Ella no había querido saber nada de los Roth, pero aparentemente tenía las manos atadas. Y debía casarse con Dominic.
Su cuñado.
A primera vista, Dominic Roth era un hombre frío y arrogante, pero la verdad era que entre ellos siempre había habido una secreta atracción. Antes, mientras estaba casada, era algo en lo que no quería ni pensar, pero sabía que estaba ahí.
A pesar de las acusaciones de Liam, ella nunca le había sido infiel a su marido. Ni con su hermano ni con Keith.

Pero no quería reconocer la atracción por un hombre al que detestaba. Tal vez era una ingenua, pero quería creer que el amor y el deseo iban de la mano. Con Dominic, sabía que no sería así. Sería deseo y nada más. No habría amor entre ellos.

Te perdono tu aventura con Keith ya que me culpo a mí mismo por eso. Y te perdono por aceptar dinero a cambio de tener un hijo conmigo. Sé que tú no querías y lo has hecho sólo por mí. Pero también sé que la verdad, si se supiera, te haría mucho daño.

Cassandra tragó saliva. No había ninguna verdad en sus palabras, ni sobre la aventura con Keith ni sobre Nicole. ¿Cómo podía Liam mentir de ese modo? Estaba diciendo que era una adúltera que vendió su cuerpo para tener un hijo con un moribundo, pero no había sido así en absoluto. Ella quería ser madre, pero su relación con Liam ya estaba rota. Aceptó por él, no por el dinero, aunque lo necesitaba para la residencia de su padre.

Cásate con Dominic y educad juntos a Nicole, como una familia. Mi hermano será un padre estupendo y Nicole es una niña preciosa que merece ser querida por sí misma.
Si te niegas, Dominic ya tiene mi bendición para pedir la custodia de Nicole. En la carta que tiene mi abogado se detalla todo lo que se usará contra ti en los tribunales.

La amenaza hizo que Cassandra sintiera un escalofrío. Dominic podría hacer que pareciese una buscavidas para conseguir la custodia de Nicole. No dudaría en retorcer la verdad para hacerla quedar mal, especialmente si el juez llamaba a Keith a declarar. Estaba segura de que ese canalla cometería perjurio para salvar su matrimonio.

Y, después de demostrar que era una mentirosa, el abogado sólo tendría que decir que su pensión mensual había aumentado considerablemente cuando aceptó someterse al tratamiento de inseminación artificial. Y eso *demostraría* que había chantajeado a su marido.

La carta será destruida seis meses después de que te hayas casado con Dominic. Ésa es mi decisión.

Podría impugnar el testamento, por supuesto, ¿pero qué posibilidades tendría una mujer sin medios económicos propios contra una familia millonaria como los Roth? Porque sus suegros la odiarían aún cuando descubrieran «la verdad». Y querrían vengarse.

De modo que tendría que casarse con Dominic y dejar que pensara lo peor de ella.

No quería que pudiera usar nada contra ella en los tribunales. Una mujer infiel pagada para tener un hijo no era algo que un juez considerase con buenos ojos, fueran cuales fueran las circunstancias o lo que hubiera hecho con el dinero.

Y no se arriesgaría a perder a su hija por nada del mundo.

Capítulo Dos

La boda tuvo lugar en la lujosa oficina de Dominic unos días después. Y debió ser la más rápida de la historia. Incluso su boda con Liam, organizada a toda prisa, había sido más larga.

Pero a Cassandra no le importaba en absoluto. Dominic había tenido que hacer un hueco en su apretada agenda y era lo más apropiado porque el suyo no era un matrimonio por amor.

El ligero roce de sus labios en la mejilla cuando terminó la ceremonia lo dejaba bien claro.

Ligero pero potente.

–Me alegra que te hayas vestido de manera apropiada para la boda –dijo Dominic, irónico, mientras su ayudante, Janice, acompañaba al celebrante hasta la puerta.

Cassandra tocó el prendedor que llevaba en el estiloso moño francés. El vestido corto de satén con bolero a juego le había parecido apropiado, especialmente porque era negro.

–No sé si recuerdas que soy viuda.

–No, ya no lo eres. Ahora eres una mujer casada.

Ella apretó los labios, molesta.

–La próxima vez que me case iré de gris.

–No habrá una próxima vez –dijo él.

Cassandra sostuvo su mirada durante un segundo y después miró a Adam, que estaba abriendo una botella de champán. Pero no estaba de humor para celebrar nada. No había nada que celebrar, por eso no había llevado a Nicole ni le había contado nada a su hermana.

Afortunadamente, los padres de Dominic seguían a bordo del yate, llorando la muerte de su hijo, y todos habían jurado mantenerlo en secreto hasta su regreso. A pesar de que su actitud hacia ella había cambiado radicalmente, Cassandra no odiaba a sus suegros, al contrario.

–Por cierto, estás muy guapa de negro.

Dominic llevaba un traje de chaqueta oscuro que le daba un aspecto imponente y sexy al mismo tiempo. Era la primera vez que le decía un piropo y le pareció terrible que la afectase. Ojalá pudiera negarlo, pero siempre había habido ese «algo» entre ellos, una posibilidad que los dos sabían no podía llegar a ningún sitio.

Hasta aquel día.

Justo entonces Adam descorchó el champán.

–Toma, Cassandra –dijo Janice–. Una copa de champán para la novia.

Ella intentó sonreír, aunque le resultaba casi imposible.

–Gracias.

–Ahora que todos tenemos champán, quiero hacer un brindis –anunció la secretaria–. Por Cassandra y Dominic.

–Por Cassandra y Dominic –repitió Adam, su expresión tan enigmática como la de su hermano.

Cassandra inclinó la cabeza en un gesto de asentimiento. Adam era demasiado joven para ser viudo y sospechaba que era por eso por lo que viajaba tanto, yendo de unos grandes almacenes a otros, visitando a sus proveedores para comprobar que la calidad de los productos seguía siendo excepcional.

No lo conocía bien y su esposa había muerto antes de que se casara con Liam, pero Adam siempre se había mostrado distante con ella.

En muchos aspectos se parecía a Dominic: guapo, seguro de sí mismo y con el sex appeal de todos los Roth.

–Por nosotros –brindó Dominic entonces, con un brillo de reto en los ojos.

«Que empiece el juego» parecía decir.

–Por nosotros –brindó Cassandra, intentando decirle con la mirada que estaba preparada.

–Imagino que tendrás que cambiarte de casa –observó Janice–. ¿O es Dominic quien se va a mudar?

–No, Cassandra y Nicole vendrán a vivir conmigo –dijo él.

Cassandra debía admitir que se alegraba de marcharse de la casa que había compartido con Liam. Pero, por supuesto, vivir con Dominic no era lo que ella quería.

–Al menos no tendrás que cambiar tu apellido –bromeó Adam. Y ella sonrió para intentar aliviar la tensión.

–No había pensado en eso.

Dominic dejó su copa sobre el escritorio.

–Será mejor que nos vayamos –dijo entonces, muy serio.

Y Cassandra tuvo la impresión de que no le había gustado que sonriera a Adam. ¿Qué creía, que estaba coqueteando con él?

Probablemente.

Pero no debería preocuparse, pensó, más preocupada por la idea de irse con Dominic que por el futuro que comenzaba en ese momento.

No tuvo tiempo de pensar más y, antes de que se diera cuenta, se habían despedido de Janice y Adam y se dirigían al ascensor.

–No ha merecido la pena arreglarme. La ceremonia ha durado menos de cinco minutos.

–Tienes suerte de que no te haya visto antes de que empezase.

–¿Por qué dices eso?

–Digamos que habría esperado mientras te cambiabas de vestido.

–¿Y si me hubiera negado?

–La ceremonia se habría retrasado –respondió él.

Cassandra abrió la boca para protestar, pero Dominic hizo un gesto con la mano.

–Déjalo, estás guapísima lleves el color que lleves. Y te pongas lo que te pongas.

Su BMW, y su chófer, estaban esperándolos en la puerta y pronto salían de la ciudad hacia su casa en Sandringham, al sureste de Melbourne, una zona conocida por sus campos de golf y su club náutico, donde esperaba Nicole.

–Tenemos un largo viaje por delante.

–Por favor, dime que no vamos de luna de miel a ningún sitio.

–No es una luna de miel exactamente –dijo él–. Pero un amigo me ha dejado su casa cerca de Lorne. Vamos a estar allí una semana.

¿Una semana encerrada con Dominic? Ya iba a ser suficientemente difícil compartir cama con aquel hombre, pero estar solos tanto tiempo…

Dominic era un hombre muy atareado y también ella pensaba estar ocupada el mayor tiempo posible porque quería ser algo más que una esposa trofeo, como lo había sido para Liam.

–Deberías haberme avisado –le dijo, irritada.

–¿Por qué?

–Yo podría tener otros planes.

–Entonces tendrías que haberlos cambiado.

Ah, estaba muy seguro de sí mismo, evidentemente.

–No estés tan seguro –murmuró Cassandra, mirando por la ventanilla.

El móvil de Dominic sonó en ese momento y seguía hablando cuando llegaron a una calle flanqueada por árboles. Al final de la calle, tras una verja de hierro que se estaba abriendo en ese momento, estaba la mansión de Dominic Roth.

Era una casa fabulosa, pero Cassandra no estaba de humor para admirarla cuando llegó allí por la mañana y tampoco estaba de humor en aquel momento.

Cuando estaban subiendo los escalones de la entrada el ama de llaves, Nesta, salió a recibirlos con Nicole en brazos.

—Enhorabuena, señor y señora Roth.

Cassandra sonrió mientras le pasaba a su hija. Había visto un brillo de simpatía en los ojos de la mujer unas horas antes, cuando la dejó a cargo de la niña, que le decía que podían ser amigas.

—¿Se ha portado bien?

—Sí, de maravilla. Es un encanto y no me importará nada cuidar de ella —Nesta acarició el pelito de Nicole—. Seguro que se parece a su mamá.

Cassandra sonrió.

—Sólo en lo que se refiere a darse largos baños.

A Nicole le gustaba mucho la hora del baño y a ella le encantaba meterse en una bañera llena de espuma, tal vez porque cuando era pequeña jamás pudo hacerlo.

Como si estuviera de acuerdo con ella, Nicole empezó a balbucear algo ininteligible que las hizo reír. Siempre podía confiar en que su hija le sacara una sonrisa, pensó Cassandra, apartando los ricitos rubios de su cara.

Dominic estaba mirándolas con un brillo extraño en los ojos; un brillo que la sorprendió por inesperado.

Afortunadamente, Nesta se encargó de romper la tensión.

—Todo está ya en el coche, señor Roth.

—Gracias. ¿Quieres cambiarte de ropa, Cassandra?

—No, lo haré más tarde.

No estaba preparada para entrar en el dormitorio que compartiría con él a su regreso.

—Tardaremos horas en llegar —le advirtió él.

–No importa.

–Como quieras –murmuró Dominic, dirigiéndose a un monovolumen aparcado en la puerta.

Aunque su frialdad era descorazonadora, lo único que ella podía hacer era seguirlo.

–No se vaya todavía, señora Roth –dijo Nesta entonces–. Vuelvo enseguida. Se me ha olvidado una cosa.

–Muy bien.

Mientras esperaba, se acercó al monovolumen para sentar a Nicole en la silla de seguridad. Le sorprendía que Dominic no usara el Porsche con el que lo había visto ocasionalmente, pero aquél era un vehículo más familiar y perfecto para un largo viaje con un niño pequeño. Parecía nuevo y seguramente lo era, pero incluía una silla de seguridad, que era lo más importante.

Cuando terminó de colocar a Nicole, Nesta salía corriendo de la casa.

–Tome, señora Roth –le dijo, ofreciéndole un jersey de cachemir negro–. Puede quitarse la chaqueta y ponerse esto, estará más cómoda durante el viaje.

–Gracias, eres muy amable –Cassandra cambió el elegante bolero por el jersey y se quitó el prendedor que sujetaba su moño–. Ah, así está mejor.

–Es usted guapísima, señora Roth.

–Muchas gracias, Nesta.

–Vamos –dijo Dominic entonces–. Será mejor que nos pongamos en camino cuanto antes.

Cassandra le hizo un guiño al ama de llaves y cuando llegaron a la verja estuvo a punto de decirle algo sobre su actitud, pero su seria expresión hizo que se contuviera.

Tendría que elegir las batallas y aquélla podía esperar.

En cualquier caso, mientras miraba hacia atrás para ver cómo iba Nicole, sintió un escalofrío de aprensión. Dominic ni siquiera había mirado a la niña. ¿Seguiría siendo siempre tan distante con su nueva hijastra? ¿Le daría su cariño o sólo se ocuparía de las cosas materiales?

Algunos hombres eran totalmente indiferentes a los niños, especialmente cuando eran muy pequeños. Pero no, no podía ser, se dijo. Un hombre tan preocupado por el bienestar de su sobrina no podía ignorarla por completo.

Viajaron durante largo rato sin decir una palabra. Periódicamente, Cassandra miraba hacia atrás para comprobar que Nicole estaba bien, contenta de ver a su hija jugando con un osito de peluche. Pero poco después se quedó dormida.

—Se ha dormido —murmuró, más para sí misma que para Dominic.

—Qué rápido —dijo él.

—Evidentemente, no sabes mucho sobre niños.

—Pero sin duda tendré que aprender.

El corazón de Cassandra dio un vuelco. ¿Quería eso decir que tenía intención de hacer su papel como padre de Nicole?

Suspirando, apoyó la cabeza en el respaldo del asiento y no dijo nada más. No quería que supiera que era una blanda en todo lo que se refería a la niña.

—Duerme si quieres —sugirió Dominic.

—No, estoy bien.

—Pues pareces cansada.

—Vaya, qué amable.

—Este viaje os vendrá bien a Nicole y a ti.

—Gracias, pero si quieres volver a la ciudad por mí no hay ningún problema. Sé que tienes mucho trabajo.

—Adam puede llevar la oficina durante una semana —dijo él—. Y la verdad es que también a mí me vendrían bien unos días de vacaciones.

Esa admisión la tomó por sorpresa. Dominic podía fingir que la muerte de su hermano no lo había afectado profundamente, pero ella sabía que no era así.

—¿Sabes algo de tus padres? —le preguntó, por hablar de algo.

—No y no espero saberlo. Quiero que se olviden de todo mientras están en el Lady Laura.

—Me alegro de que hayan decidido ir a navegar durante unos días. Imagino que lo necesitaban.

Dominic la miró con gesto burlón y ella tuvo que contenerse para no decirle lo que pensaba. ¿Por qué la creía incapaz de compasión? Era ridículo.

Después de eso siguieron el viaje en silencio. Nicole despertó poco después protestando, pero un cambio de pañal y un biberón hicieron que se le pasara el mal humor.

Una vez en el ferry de Sorrento, pasearon por cubierta disfrutando del sol y de la vista de la bahía de Port Phillip, pero lo más emocionante del viaje fueron los delfines nadando alrededor del barco.

Cassandra se sentía un poco más calmada cuando llegaron a su destino y, afortunadamente, Dominic también parecía un poco más relajado.

Por fin, tomaron la carretera de Great Ocean, construida con picos y palas por hombres que volvieron de la I Guerra Mundial en honor de sus camaradas caídos. Era un viaje fabuloso, con la costa a un lado y el espeso bosque al otro.

—No puedo creer que no hayas venido nunca aquí —dijo Dominic al ver su cara de asombro.

—Ojalá lo hubiera hecho, es precioso.

Dominic no debía saber que su padre estaba en una residencia o hubiera dicho algo, pensó. Pero ahora estaban casados, de modo que podía relajarse. Había hecho lo que él quería. Sólo si decidía abandonarlo descubriría el asunto del dinero que le prometió Liam

Eran casi las siete cuando llegaron a Lorne, un pueblecito costero que contaba, además, con el maravilloso bosque de Otway Ranges. Era un sitio precioso en el que las tiendas y las calles ya tenían adornos de Navidad, aunque aún faltaban unas semanas. A ella no le apetecía celebrar las fiestas, pero haría un esfuerzo por Nicole.

—Mañana vendremos a echar un vistazo —dijo Dominic, levantando el pie del acelerador y mirando por la ventanilla.

—¿Qué estás buscando?

—No recuerdo qué carretera tengo que tomar ahora.

—¿Por qué no paras y le preguntas a alguien?

—No es necesario.

Cassandra señaló un café al otro lado de la calle.

—Para ahí y vamos a preguntar.

Él negó con la cabeza.

—No, ya la encontraré.

—Ya, claro. Qué típico.

—¿Qué quieres decir?

—Que todos los hombres sois iguales. Preferís perderos antes que pedir indicaciones.

—¿Por qué voy a preguntar a nadie si puedo encontrar el camino por mi cuenta? —Dominic puso el intermitente a la derecha—. ¿Lo ves? Ésa es la carretera.

—¿Y cómo lo sabes?

—Porque lo sé.

Cassandra levantó los ojos al cielo, pero decidió no decir nada más hasta que llegaran a su destino.

O no llegaran.

Unos kilómetros después la carretera se transformaba en un camino de tierra. Y al final, escondida entre los árboles, había una casita de dos plantas. La había encontrado como si tuviera un GPS en el cerebro.

—Pura suerte —bromeó.

Muy bien, se había equivocado. Aquél no era un hombre como los demás. No sólo encontraría su camino en el mundo sino que lo haría a su manera.

Dominic sonrió y Cassandra soltó una carcajada. Y, por primera vez desde que le llevó la carta de Liam, se sintieron relajados el uno con el otro.

Mientras él se encargaba de las maletas, Cassandra sacó a Nicole de la silla.

–¿Estaremos solos?

–Una mujer viene a limpiar y a traer provisiones –respondió Dominic, mientras subía los escalones del porche.

Ella no había tenido que hacer tareas domésticas desde que se casó con Liam, pero no era así cuando era pequeña, al contrario. Sus padres creían que todos debían ayudar en casa.

–Yo puedo limpiar y cocinar durante una semana, no me importa.

–Estás aquí para descansar –dijo él, pulsando una serie de números en el sistema de alarma.

Era una casita preciosa, más grande de lo que parecía desde fuera. El rústico salón tenía un techo altísimo y los electrodomésticos de la cocina eran último modelo. Además, en el jardín había una piscina con el bosque al fondo.

Pero mientras subían al segundo piso para dejar las maletas, Cassandra intentaba no pensar en lo que ocurriría por la noche.

Las dos primeras habitaciones eran amplias y encantadoras y en la tercera había una cuna frente a la ventana.

–He pensado que querrías compartir habitación con Nicole –dijo Dominic, dejando su maleta en el suelo.

Ella lo miró, perpleja. Tal vez no quería hacer el amor con ella… no, enseguida rechazó la idea. Podía sentir su deseo cada vez que la miraba.

–Te dejo para que te cambies de ropa. Pero no te vistas de negro, ¿eh?

Cassandra se aclaró la garganta.

–Es que me gusta el color negro.

–El otro día ibas de rosa.

–Estaba en casa. Cuando salgo suelo vestir de negro… desde que murió Liam.

–La madre de Nicole debería llevar colores alegres.

–Muy bien, de acuerdo. La verdad es que tienes razón.

Dominic salió de la habitación con expresión satisfecha, pero a ella no le importó. Al fin y al cabo, estaba pensando en el bienestar de Nicole.

No sabía por qué le estaba dando tiempo a acostumbrarse a la situación, pero se lo agradecía enormemente. ¿Quién habría pensado que fuera una persona tan considerada?

Pero no había tiempo para seguir dándole vueltas al asunto, de modo que se quitó el vestido negro para ponerse un pantalón y un top de punto y luego bajó con Nicole a la cocina. Podía oír a Dominic hablando por teléfono en el salón, sin duda sobre algún asunto de trabajo.

Su hija solía comer muy bien, pero después de probar la papilla Nicole decidió que aquella noche no quería más y cerró la boquita, mirándola como si estuviera intentando descubrir hasta dónde podía llegar. Una expresión que le recordaba a Liam. Aunque, por supuesto, eso era algo que muchos de los Roth compartían.

–Vamos, cariño. Tienes que comer.

Nicole apartaba la carita cada vez que intentaba darle la papilla y, de repente, empezó a llorar.

–¿Necesitas que te eche una mano?

Cassandra levantó la mirada al escuchar la voz de Dominic y dejó escapar un suspiro.

–No, gracias. Esa que hoy no quiere comer. No sé por qué, tal vez sea el viaje. En cualquier caso es muy tarde, así que voy a meterla en la cuna. Se encontrará mejor cuando haya dormido unas horas.

Dominic se apoyó en la encimera.

–No la metas en la cuna por mí.

–No es por ti, es por ella. Bueno, y por mí también. La verdad es que estoy un poco cansada. Si no te importa, me quedaré con ella hasta que se duerma.

Él la miró en silencio durante unos segundos y después miró a Nicole, como si estuviera haciéndose a la idea de que ahora eran una familia. Y Cassandra se compadeció de él. Era un cambio muy importante en la vida de una persona.

–No me importa –dijo por fin–. Cenaremos cuando bajes.

Cassandra no sabía si podría cenar algo esa noche a pesar de la apetitosa bandeja de pescado y marisco que había visto en la nevera. Dominic estaba siendo generoso al darle tiempo para acostumbrarse a él, pero el espectro de tener que compartir habitación tarde o temprano seguía ahí.

Cuando media hora después Cassandra no había vuelto, Dominic decidió ir a buscarla. La puerta del dormitorio estaba cerrada y la abrió intentando no hacer ruido…

Y la encontró dormida.

Había empujado la cama contra la pared y Nicole dormía a su lado. Era evidente que le había contado un cuento antes de quedarse dormida porque el libro estaba tirado en el suelo. E incluso en sueños protegía a su hija pasándole un brazo por la cintura...

De repente, Dominic sintió una opresión en el pecho y, sacudiendo la cabeza, tiró de la manta que había a los pies de la cama para taparlas. Dudaba que despertasen hasta el día siguiente.

Después cerró la puerta y bajó a la cocina para servirse un ron, la imagen de las piernas de Cassandra y la curva de sus caderas acompañándolo.

¿Por qué no la había instalado en su habitación? No había planeado dormir solo después de tantos años deseándola. Su frialdad lo excitaba y pensaba tenerla en su cama a la primera oportunidad, haciendo que se derritiera de deseo hasta que no pudiera esconderse... hasta que no pudiera esconderle nada.

Pero, de repente, había decidido esperar. Y sabía por qué: verla atendiendo a Nicole durante el viaje la había hecho parecer más cariñosa, más sensible.

Y allí estaba, dormida, sin saber que le había demostrado que era una buena madre.

Dominic se pasó una mano por el pelo. Maldito fuera Liam por pedirle que se hiciera cargo de tal responsabilidad y maldito fuera él por haber aceptado. Darle su esperma para el proceso de inseminación artificial había sido apenas soportable y desde que aceptó nada era lo mismo.

–Haz esto por mí –le había rogado su hermano cuando entró en la habitación del hospital. Liam estaba llorando porque no quería que su hijo heredase su enfermedad y nada de lo que Dominic dijera podía consolarlo. La suya no era una enfermedad heriditaria, pero Liam temía que las medicinas estuvieran debilitando su esperma y necesitaba tener un hijo…

A Dominic se le había roto el corazón al verlo llorar y, sin pensarlo más, tomó el bote esterilizado y fue al cuarto de baño para hacer lo que tenía que hacer.

¿Cómo iba a decirle que no?

Después, se había enfurecido consigo mismo al preguntarse dónde les llevaría aquello. Su hermano se estaba muriendo y la madre de su hijo era una mujer a la que no respetaba.

Más tarde, cuando tuvo que ver a Cassandra embarazada de su hijo, se alejó todo lo posible. Pero la satisfacción en los ojos de Liam le dijo que había hecho lo que debía hacer.

Después del nacimiento de Nicole, Liam lo había llamado para que fuese a ver a la niña y sólo había tenido que verla un segundo para enamorarse de ella por completo.

Nicole era su hija. Y, por ella, haría lo que tuviera que hacer.

Capítulo Tres

Cassandra despertó seis horas después.

Nicole seguía dormida, de modo que era una buena oportunidad para darse una ducha. Pero antes sacó el móvil del bolso para ver si había alguna llamada de la residencia en la que su padre estaba ingresado.

No se atrevía a llamar porque temía que le pidieran el dinero que debía, pero lo solucionaría todo la semana siguiente, cuando volviese a Melbourne.

El ruido de la ducha debió despertar a su hija porque estaba balbuceando y moviendo los bracitos cuando salió del baño. Era preciosa, pensó, mientras le cambiaba el pañal, comiéndosela a besos.

Cuando bajaron a la cocina, Dominic estaba leyendo el periódico y tomando un café. Levantó la mirada al oírlas entrar y el brillo de aprobación que vio en sus ojos la calentó por dentro. No estaba acostumbrada a que la admirase descaradamente y tuvo que contener la respiración durante un segundo. Además, estaba guapísimo con un polo azul que destacaba sus anchos hombros.

—Siento haberme perdido la cena, pero me quedé dormida.

Dominic dobló el periódico y lo dejó a un lado.

–No pasa nada. También yo me acosté temprano.

Cassandra notó que se ponía colorada. ¿Algún día se acostarían temprano los dos juntos?, se preguntó.

Dominic permaneció en silencio mientras hacía la papilla de Nicole, pero cuando volvió la cabeza lo encontró mirando a la niña con una expresión tan tierna que su corazón dio un vuelco. Evidentemente, no era tan frío con la hija de su hermano como quería aparentar.

Pero cuando volvió a la mesa la mirada tierna había desaparecido y Dominic estaba reclinado sobre el respaldo de la silla, tomando café.

–He pensado que podríamos ir a Lorne después de desayunar. Podemos ver el pueblo, hay muchas tiendas si quieres comprar algo. O podríamos ir a dar un paseo por la playa.

–Eso estaría bien –asintió Cassandra, mientras le daba una cucharada de papilla a Nicole.

La niña comía con apetito y eso despertó el suyo. Claro que era lógico porque apenas había comido el día anterior.

–Le gusta la papilla –observó Dominic.

–Sí, normalmente come muy bien.

–Pero darle de comer a un niño puede ser muy complicado, ¿no?

–Bueno, está aprendiendo a coordinar sus movimientos y a veces puede ser una catástrofe.

–¿Y no te importa que te manche?

–No, claro que no. ¿Por qué iba a importarme?

Dominic estaba mirando sus labios y se dio cuenta de que quería besarla. Luego, lentamente, deslizó la mirada hasta sus ojos y Cassandra pensó que podría ahogarse en ellos.

–Hablando de comida… creo que voy a hacerme una tostada –murmuró, después de aclararse la garganta.

–Yo tengo que hacer unas llamadas –dijo Dominic, levantándose de la silla–. Cuando hayas terminado dímelo, pero no hay prisa.

Era absurdo que le temblasen las manos. Y era igualmente absurdo que aquella reacción entre Dominic y ella estuviera ganando fuerza. Era como si después de casarse todo hubiese cambiado.

O tal vez sólo necesitaba comer algo, se dijo, intentando calmarse.

Una hora después había bañado a Nicole, le había puesto un simpático peto y se había cambiado el jersey que la niña había manchado de papilla. Encontró a Dominic en el porche hablando por el móvil, pero interrumpió la llamada enseguida y se pusieron en camino.

El viaje hasta Lorne fue agradable y pronto estuvieron paseando por la calle principal, delante de bonitas tiendas de ropa y animados restaurantes con ambiente playero. Dominic se había ofrecido a empujar el cochecito de Nicole y Cassandra no podía dejar de pensar que parecía un padre orgulloso.

¿Por qué no iba a estar orgulloso?, se preguntó luego. Ella era una mamá orgullosa.

–¿Por qué sonríes?

Cassandra iba a decírselo, pero lo pensó mejor. No quería que se sintiera incómodo o cortado con la niña. Claro que resultaba imposible imaginar a Dominic Roth cortado por ninguna razón.

–Es un pueblo muy bonito.

Dominic quería que comieran en uno de los restaurantes más lujosos, pero hacía un día tan bueno que Cassandra sugirió hacerlo en una de las terrazas. Él aceptó, un poco sorprendido, y pronto estaban sentados frente al mar, Nicole tomando su biberón y ellos comiendo una bandeja de pescado capturado esa misma mañana.

Una vez de vuelta en casa, y después de meter a Nicole en la cuna, Cassandra decidió leer un rato mientras Dominic iba al estudio a hacer unas llamadas.

Alegrándose de estar sola un rato, se puso las gafas de sol y se tumbó en una hamaca frente a la piscina. Hacía calor y, mientras escuchaba el canto de las cigarras, la tensión pareció escapar de ella poco a poco.

Estaba concentrada en la novela cuando Dominic se sentó en la hamaca de al lado. Llevaba un libro en la mano y las gafas de sol puestas, como ella.

–No sabía que te gustase leer –comentó.

Era un comentario totalmente absurdo, pero no sabía qué decir.

–Uno aprende algo nuevo cada día –dijo él.

Y, de nuevo, volvieron a ser adversarios.

Tontamente decepcionada, Cassandra miró el título del libro.

–Te gusta la ciencia-ficción.

Él señaló su novela.

–Y a ti las historias románticas.

–Pues sí.

–No te pega nada.

–¿Tú no crees en el amor, Dominic?

–Lo que yo crea no tiene importancia.

–Ésa no es la impresión que yo tengo.

Dominic creía que le había sido infiel a Liam, de modo que sí era importante. Él creía que se había casado con Liam por dinero, que no era capaz de amar a un hombre por sí mismo.

De repente sintiéndose enferma, Cassandra cerró el libro y se levantó.

–Me parece que Nicole se ha despertado.

–¿Cassandra? –la llamó él.

–¿Qué?

–¿Por qué no traes a Nicole a la piscina?

–Sí, bueno… –empezó a decir ella, nerviosa. Estaba intentando retrasar el momento de ponerse en bikini.

–¿O es que te da miedo el agua? –bromeó Dominic.

Y Cassandra tuvo la impresión de que sabía el porqué de su vacilación.

–Me encanta el agua –contestó.

–Ah, es verdad, te gustan los baños de espuma, ¿no?

De repente, el sol parecía calentar más que nunca y Cassandra tuvo que pasarse la lengua por los labios.

–Volveré en cinco minutos.

El bikini que Nesta había guardado en su maleta

era demasiado pequeño. Antes de dar a luz le quedaba bien, pero ahora sus pechos eran más grandes, sus caderas un poco más pronunciadas.

Debería haber comprado un bañador en el pueblo, pensó. Habría sido la oportunidad perfecta para buscar algo menos revelador.

Tal vez podría decirle que había olvidado guardar uno en la maleta, pensó entonces. Pero podía imaginar cuál sería la contestación de Dominic: no hace falta que te pongas nada.

Dominic casi esperaba que sus gafas de sol se empañasen mientras observaba a Cassandra alejarse hacia la casa, sus caderas moviéndose sinuosamente…

No debería imaginarla en bikini ni imaginarse a sí mismo acariciando esas caderas, deslizando las manos por su delicioso trasero. Si seguía así no podría aguantar mucho más…

Maldita fuera, ¿cómo lo hacía? ¿Cómo lograba que un hombre que sabía controlarse perdiese la cabeza por ella? ¿Cómo podía hacer que la desease con una sola mirada? Y sobre todo, ¿por qué dejaba él que lo hiciera?

Suspirando, se quitó el pantalón y la camiseta y se lanzó de cabeza al agua. Afortunadamente, llevaba puesto el bañador. Pero desgraciadamente, Cassandra apareció de nuevo llevando un bikini tan pequeño que tuvo que hacer un esfuerzo para no salir del agua y tomarla entre sus brazos.

¿Estaba coqueteando con él o habría sido cosa de

Nesta? Le había dicho al ama de llaves que metiera un bañador en su maleta, pero no había esperado que fuese un pedazo de tela que apenas ocultaba nada.

No podía negar que Cassandra tenía el cuerpo de una diosa y la figura perfecta para llevar tal prenda. Nadie diría que había tenido una niña unos meses antes.

Pero entonces vio que se ponía colorada. El rubor empezó en sus mejillas y siguió por su cuello…

¿Quién habría esperado que se ruborizase? Aquella mujer era un enigma.

–¿Quieres tomar en brazos a Nicole?

Dominic tuvo que hacer un esfuerzo para apartar la mirada del bikini mientras ella se inclinaba un poco para darle a la niña.

Su hija.

Por el momento había conseguido no tomarla en brazos, temiendo delatarse si lo hacía.

–¿Dominic?

Y entonces Nicole alargó sus bracitos… su hija alargó los bracitos hacia él y a Dominic se le hizo un nudo en la garganta.

–¿La tienes?

–Sí, sí. La tengo.

Cuando Nicole lo miró y empezó a balbucear, sonriente, el corazón de Dominic pareció explotar dentro de su pecho.

–Le gusta mucho el agua –dijo Cassandra.

Él levantó la mirada y, por un segundo, algo pareció unirlos. Fue un momento extraño. Por primera vez, se sentía feliz de haberse casado con ella.

Cassandra se lanzó al agua entonces, nadando como una sirena hasta llegar a su lado.

–Hola, Nicole.

La niña empezó a dar patraditas de alegría y Dominic tuvo que concentrarse para sujetarla.

–Va a ser una gamberra –bromeó.

–¿Quieres dármela? Seguramente pesará mucho.

–No, qué va. Estamos bien.

Dominic la colocó con la barriguita en el agua, como si estuviera nadando, pero teniendo cuidado para que no metiese la cabeza. Le encantaba jugar con ella y Nicole parecía estar disfrutando también.

Entonces oyó que Cassandra decía algo y cuando volvió la cabeza la vio sentada en los escalones de la piscina.

–Lo siento, ¿qué has dicho?

–Que me alegro de que te lleves bien con Nicole.

Dominic apartó la mirada.

–Sí, yo también.

–Se parece mucho a Liam, ¿verdad?

La punzada de dolor lo pilló desprevenido; no por la muerte de Liam sino porque la niña que tenía en sus brazos no era hija de su hermano.

«Yo soy su padre», habría querido decir. «Soy yo quien le ha dado la vida».

Pero en lugar de eso levantó a Nicole y se la entregó a su madre.

–Acabo de recordar que tengo que hacer una llamada urgente.

Cassandra parpadeó, desconcertada.

–Ah, muy bien.

Dominic salió de la piscina y entró en la casa antes de decir algo que lamentaría después.

Cassandra deseó no haber dicho nada sobre Liam, pero Dominic había sido siempre una torre de fuerza para su familia. Tanto que a veces olvidaba que mencionar a su hermano muerto podía ser muy doloroso para él.

Y la niña se parecía tanto a Liam que, a pesar de todo, también a ella le dolía pensar que nunca conocería a su padre.

Temblando, se levantó del escalón.

—Vamos a secarnos, cariño.

La habitación de Dominic estaba cerrada, pero oyó el grifo de la ducha. Y, tontamente, se puso nerviosa al imaginar el agua cayendo sobre ese torso tan ancho…

Había disimulado que lo miraba en la piscina, pero lo había mirado mientras estaba con Nicole.

A toda prisa, entró en su habitación y dejó a la niña sobre la alfombra mientras buscaba en el armario algo que ponerse. Era absurdo pensar en Dominic en la ducha, desnudo…

En ese momento Nicole lanzó un grito de dolor y cuando Cassandra corrió a su lado vio que había gateado hasta la cómoda y se le había enganchado un dedito en el último cajón. Con cuidado, soltó el dedo y la tomó en brazos, intentando consolarla. La niña tenía los ojos llenos de lágrimas y el labio inferior tembloroso…

–Pobrecita mía. ¿Te has hecho mucho daño?

Dominic entró en la habitación como una tromba.

–¿Qué ocurre? ¿Por qué llora así?

–Se ha pillado un dedo con el cajón de la cómoda.

–¿Está bien?

Ella asintió con la cabeza, acariciando la carita de su hija hasta que dejó de llorar.

–A ver el dedito… no es nada, cariño. Mamá te va a dar un besito para que se te pase –Cassandra le dio un sonoro beso–. ¿Lo ves? Ya está mejor, ¿a que sí?

Como si estuviera buscando el beso, Nicole levantó el dedito y arrugó el ceño. Tenía un aspecto tan adorable, con las mejillas coloradas y haciendo un puchero, que Cassandra compartió una sonrisa con Dominic.

–Se parece a ti –dijo él entonces.

–En realidad no se parece mucho, pero gracias.

Iba a poner a Nicole en la cuna cuando se fijó en el torso de Dominic. En su torso desnudo. Sin darse cuenta, siguió con la mirada la línea de vello oscuro que llegaba hasta el ombligo, donde se había atado una toalla a toda prisa.

¿Cómo sería pasar las manos por aquel torso? ¿Sería caliente, suave?

Entonces levantó la mirada… y lo encontró observándola con expresión hambrienta.

Cassandra rompió el contacto de inmediato, agradeciendo que Nicole hubiera empezado a mover frenéticamente las piernecitas para que la dejase en el suelo.

Y cuando levantó la mirada la puerta estaba cerrándose tras él. Mareada, se dejó caer sobre la alfombra al lado de Nicole. El increíble deseo de tocar a Dominic la había sorprendido por su intensidad. Y lo más increíble de todo era que, de no haber sido por Nicole, se habría dejado llevar por ese deseo.

Capítulo Cuatro

Dominic había dicho antes que esa noche cenarían en la terraza, de modo que Cassandra se cepilló el pelo a toda prisa y pasó una mano por la camiseta blanca, a juego con el pantalón. Unas sandalias planas le daban al atuendo un aire informal y elegante a la vez.

Cuando bajó al porche, Dominic había puesto la mesa para dos y estaba descorchando una botella de vino. Tras él, el sol empezaba a esconderse en el horizonte.

Todo tenía un aspecto tan… romántico.

Su corazón se aceleró al pensar que tal vez Dominic intentaría acostarse con ella esa noche. Y, a juzgar por su reacción de esa tarde, dudaba que tuviera que esforzarse mucho.

–¿Nicole está dormida? –le preguntó él, apartando una silla.

–Sí, ya está dormida.

–¿Quieres una copa de vino?

–Sí, gracias.

–Espero una llamada de trabajo más tarde, pero con un poco de suerte será después de cenar. Estamos teniendo un problema con un proveedor y quiero que me mantengan informado.

Cassandra arrugó el ceño.

—Pensé que ibas a tomarte un descanso.

—Estoy descansando mucho —dijo él. Y su mirada le decía que, en su caso, más que descanso era abstinencia.

—Bueno… —Cassandra se aclaró la garganta—. ¿Qué tenemos de cena?

—He pensado que podríamos comer el pescado de anoche.

—Ah, buena idea. Si no, tendríamos que tirarlo.

—¿Ésa es la única razón para comerlo o prefieres otra cosa?

—No, no. Me encanta el pescado. Además, no tiene sentido tirar una bandeja de comida. Hay gente que se muere de hambre en el mundo, Dominic.

—Lo sé, pero no esperaba que a ti te importase.

—Porque no me conoces —replicó ella, molesta por el insulto, intencionado o no.

—Es verdad, no te conozco.

—Y tal vez debería seguir siendo de ese modo.

—¿Qué quieres decir?

—No puedo vivir así durante toda mi vida —Cassandra suspiró, poniendo en ese suspiro la tensión, el miedo y el estrés de los últimos meses—. Me da igual lo que pienses de mí, pero guárdate tu hostilidad para ti mismo.

Dominic la miró, sorprendido.

—¿Y si no puedo hacerlo?

Ella abrió la boca para decir que podrían pedir la anulación, pero enseguida recordó que no podía hacerlo. Estaba atrapada. Si Dominic descubría lo del medio millón de dólares para pagar la residencia sumaría dos y dos... y llegaría a una conclusión equivocada.

Incluso podría convencer al juez de que sólo se había casado con Liam por dinero, que le había sido infiel con Keith... y entonces podría perder a Nicole.

Con el corazón encogido, supo que debía apelar a su generosidad. Era la única manera.

–Si no puedes hacerlo por mí, hazlo por Nicole.

–¿Nicole? –repitió él, tenso.

–Te he visto con Nicole hoy y sé que te estás encariñando con ella. Que nos llevemos mal sólo le haría daño... la niña necesita un padre, Dominic.

–Tienes razón –admitió él después de unos segundos–. Y te pido disculpas por mi actitud.

Cassandra asintió con la cabeza, emocionada. No había esperado una disculpa.

–Los problemas que haya entre nosotros son cosa nuestra –siguió Dominic–. Nicole no tiene por qué sufrirlos.

Tal vez la hostilidad seguía allí, aunque él intentase disimular. En realidad, no habría esperado otra cosa. Mientras no afectase a su hija, podría soportarlo.

Dominic se levantó entonces.

–Vamos.

–¿Qué? ¿Dónde vamos?

No estaría sugiriendo que se fueran a la cama...

–Necesito que me ayudes a traer la comida –dijo él.

Cassandra sintió una absurda punzada de desilusión. ¿Por qué? ¿Porque no quería hacer el amor con ella? Esperaba que no.

Poco después estaban tomando una bandeja de langostinos, mejillones, salmón y aguacate relleno de calamares en salsa. Como postre, pastel de frambuesas.

Saciados, disfrutaron de un buen vino mientras veían el sol ponerse en el horizonte.

–¿Vas a contarle a tu familia adoptiva que nos hemos casado? –le preguntó Dominic entonces.

La serenidad del momento se rompió como una copa de frágil cristal. ¿Qué sabía él de su familia? Según Liam, su padre había pedido un informe sobre ella antes de que se casaran, pero tal vez Dominic no estaba al tanto. Y en ese caso no sabría que Joe estaba en una residencia.

–Los llamaré cuando volvamos a Melbourne.

A Penny le dolería enterarse de su boda por los periódicos, pero el comunicado de prensa no saldría hasta que sus padres volvieran del crucero.

–Y, por cierto, no son sólo mi familia adoptiva, son mi familia. Los quiero tanto como si fueran mi familia biológica.

–Pero no los invitaste a la boda –dijo él.

–¿Y eso te sorprende?

–¿No habrían ido?

–Si los hubiera llamado, seguro que sí.

Penny habría hecho lo imposible para ir con su marido y sus hijos desde Sídney, aunque no tenía dinero para muchos gastos. Y ella podría haber pagado el viaje, pero en realidad no quería que estuvieran allí. ¿Para qué? Era un matrimonio falso, algo a lo que se había visto obligada.

–¿Te llevas bien con ellos?

–Sí, nos llevamos muy bien.

–Háblame de tu familia.

Territorio peligroso, pensó Cassandra.

–Tengo una hermana, Penny, que vive en Sídney con su marido y sus hijos –luego hizo una pausa, sin saber qué decir sobre Joe. Si decía demasiado…

–¿Y tus padres? –le preguntó Dominic–. Sé que tu padre ha estado enfermo, ¿no? Creo que Liam lo mencionó alguna vez.

–Sí, pero ahora está mejor –respondió Cassandra, sin mirarlo–. Vive con mi hermana.

Era mentira, pero no sabía qué decir.

–¿Y tu madre?

–Murió hace cinco años.

Mary sólo tenía cincuenta años cuando murió y recordarla aún hacía que se le encogiera el corazón.

–¿Qué pasó con tus padres biológicos?

Había ocurrido tanto tiempo atrás que no solía pensar en ellos, pero siempre sentía una punzada de pena al hacerlo.

–Mi madre murió en un accidente de coche cuando yo tenía seis años. Y mi padre murió cuando tenía nueve, pero se había ido de casa mucho antes.

–Lo siento. Debió ser muy traumático para ti.

–Sí, bueno… la verdad es que sí.

–Pero parece que tu familia adoptiva te ha tratado muy bien, ¿no?

–Sí, de maravilla. Son estupendos.

Cassandra se preguntó si un hombre que lo había tenido todo podría entender lo que ella había vivido. ¿De verdad entendía lo que era para un niño sentirse solo en el mundo? ¿Sabría lo que era quedarse sin padres, sin nadie que la quisiera, que la protegiera?

–No fueron las primeras personas con las que viví tras la muerte de mi madre. Al principio me llevaron con otra familia de acogida… y yo los odiaba. La hija era malísima y solía culparme por todo.

–Que horror.

–Afortunadamente, me buscaron otra familia y tuve suerte de que encontrasen a los Wilson. Habían sido padres de acogida en otras ocasiones, pero estaban deseando adoptar un niño y… bueno, eran maravillosos. Penny también es adoptada y nos llevamos bien desde el principio.

El móvil de Dominic empezó a sonar en ese momento, pero él no se movió.

–Debe ser la llamada que estabas esperando.

–Da igual.

–No, contesta.

Dominic vaciló un momento, pero al final se levantó.

–¿Sí? –contestó, de muy mal humor.

Cuando desapareció en el salón, Cassandra casi sintió pena por Adam, aunque sospechaba que él estaría acostumbrado.

Suspirando, intentó recuperarse de los recuerdos del pasado. Sabía que había contado más de lo que debería, pero no lamentaba que Dominic supiera un poco más sobre ella. Tal vez así sería más fácil vivir juntos. Ella sabía quién era él y Dominic sabía algo más sobre ella.

Todo salvo…

Cassandra se levantó y empezó a limpiar la mesa. No, no pensaría en su padre, en el dinero que debía a la residencia o en el riesgo de perder a Nicole si Dominic descubría que le había *vendido* su cuerpo a Liam para tener un hijo. La vida no podía ser tan cruel.

No pensaría en el pasado porque debía centrarse en darle a su hija la mejor vida posible. Y eso significaba tener una madre que no dejaba que sus miedos salieran a la superficie.

Cuando volvió al porche se había hecho de noche y los focos solares iluminaban el jardín. Suspirando, bajó los escalones y empezó a pasear. Era precioso a esa hora de la noche y olía a madreselva y jazmín, el idílico paisaje llevándose la tensión.

–¡Cassandra, para!

Ella se dio la vuelta, sorprendida.

–¿Qué?

–Estabas a punto de meterte en una telaraña.

Cuando miró por encima de su hombro vio una enorme telaraña entre dos árboles…

–Ah, qué asco.

–No pasa nada. No veo a la araña, sólo la tela.

–Odio las arañas.

–A mí tampoco me gustan mucho –dijo él.

Cassandra vio un brillo de deseo en sus ojos y enseguida supo por qué. Sin darse cuenta, había puesto las manos sobre su torso y el roce de los duros músculos bajo las palmas la hizo temblar.

—Yo…

—¿Qué?

«Bésame».

—Cassandra…

—¿Sí?

Él la tomó por la cintura, mirándola a los ojos.

—Dilo.

—Bésame —susurró ella.

Dominic inclinó la cabeza para apoderarse de su boca. El primer beso entre ellos como hombre y mujer.

Su lengua la acariciaba con una embriagadora mezcla de ternura y virilidad. Era tan sorprendente estar entre sus brazos…

Entonces algo, no sabía bien qué, despertó todas sus inseguridades y sus miedos. Dominic la veía como una buscavidas que se había casado con su hermano por dinero. Pensaba que le había sido infiel, que había tenido a Nicole para atarse a la familia Roth de por vida. ¿Cómo podía querer hacerle el amor si pensaba eso de ella?

—No —dijo entonces, apartándose.

—Pero…

—Lo siento —Cassandra se dio la vuelta y corrió hacia la casa.

Aunque tuvo que hacer un esfuerzo para no seguirla, Dominic la dejó ir. Él no quería tener que convencerla, quería que se rindiera por voluntad propia.

Todo su cuerpo temblaba de deseo; un deseo que llevaba mucho tiempo intentando controlar. Pero, evidentemente, Cassandra no estaba preparada.

Dominic dejó escapar un largo suspiro. Había algo que no podía ignorar: su infancia.

Cuando Liam anunció su compromiso con ella, su padre había pedido que la investigasen y sabía que era adoptada. Y sabía por Liam que su padre había sufrido una embolia.

Pero no sabía que hubiera sido tan terrible para ella. Eso sólo complicaba las cosas y las cosas ya eran muy complicadas para los dos.

Evidentemente, su vida no había sido fácil, pero no podía perdonar que se hubiera casado con su hermano sólo por dinero y que hubiera tenido una hija con él para permanecer en la familia.

Y eso hacía que se preguntara si le había contado cosas de su vida a propósito para buscar su simpatía. O tal vez para explicarle por qué era una buscavidas. Ser huérfana debía marcar a una persona, ¿pero era justificación suficiente para aceptar lo que había hecho? Mucha gente sobrevivía en circunstancias peores sin utilizar a los demás.

Dominic hizo una mueca. ¿Podía condenarla por buscar seguridad económica o debería darle un respiro?

Debía tener cuidado, se dijo. Años antes había aprendido que las cosas a veces no eran lo que parecían, que siempre había algún motivo oculto. Y existía la posibilidad de que le hubiera hablado de su infancia para ganarse su simpatía.

Cassandra cerró la puerta del dormitorio y se apoyó en ella, aguzando el oído por si Dominic iba a buscarla. Pero lo único que podía escuchar era la suave respiración de su hija.

Se acercó a la cuna y, después de apartar el pelito de su frente, se dejó caer sobre la cama. ¿Qué había pasado? No era justo dejar que Dominic la besara de ese modo y luego salir corriendo. Al fin y al cabo, era su marido.

Él no la había seguido, demostrando así que no era la clase de hombre que tomaba lo que no estaba en oferta. Pero la cuestión era que ella quería estar en oferta. Había querido hacer el amor allí mismo, en el jardín.

Estaba abrumada por el deseo que sentía por él. Nunca había sentido algo así, ni siquiera con Liam. Al principio, hacer el amor con Liam había sido agradable pero pocas veces apasionante, debía reconocer.

Con Dominic sin embargo… sus manos, sus besos la hacían sentir un deseo que no había sentido nunca. ¿Cómo podía desear de tal forma a un hombre del que no estaba enamorada? Jamás habría creído que eso fuera posible. Siempre pensó que estaba por encima del sexo por el sexo.

Evidentemente, no era así.

Y, evidentemente también, no podía seguir huyendo de Dominic. Tarde o temprano tendría que ceder a su propio deseo y la idea la excitaba y la asustaba al mismo tiempo.

Cuando oyó pasos en la escalera su corazón se aceleró. ¿Se iba a dormir? ¿Llamaría a su puerta para preguntar si estaba bien? ¿Contestaría ella?

Asustada, se puso el camisón a toda prisa y se metió en la cama para que pensara que estaba dormida.

Y luego decidió que estaba siendo una tonta. Dominic debía haberse ido a la cama y, por supuesto, no tenía intención de llamar a su puerta. Relajándose al fin, cerró los ojos e intentó dormir.

Pero un ruido extraño la despertó horas después y se incorporó de un salto.

—¡Cassandra!

Dominic. No era un grito sino un gemido ronco que le había llegado a través de la pared. Apartando la sábana, saltó de la cama. Debía pasarle algo porque parecía un gemido de dolor.

Aun así, el instinto maternal hizo que se detuviera un momento frente a la cuna para comprobar que Nicole estaba bien antes de ir a la habitación de Dominic.

La puerta estaba entreabierta y se quedó parada un momento en el quicio, intentando que sus ojos se acostumbrasen a la oscuridad.

Se le ocurrió que algún intruso podría haber entrado en la casa… pero no oía nada, nada se movía. No podía ver ninguna sombra.

Y entonces oyó un gemido de nuevo y cuando miró hacia la cama lo vio allí, la luz de la luna iluminándolo a través de las cortinas abiertas. Dominic gimió de nuevo y Cassandra respiró por fin. Estaba teniendo una pesadilla, eso era todo. Una estúpida pesadilla.

—Cassandra...

Estaba soñando con ella.

Incapaz de contenerse, dio un paso adelante. Dominic estaba tumbado de espaldas, con los ojos cerrados. Sin poder evitarlo, deslizó sus ojos por el torso desnudo hacia el borde de la manta, que le llegaba por el ombligo. Era evidente que estaba excitado y, al recordar que soñaba con ella, sintió un escalofrío.

Su torso, cubierto de un suave vello oscuro, parecía suplicarle que lo tocase... y conteniendo el aliento, Cassandra alargó una mano. No pudo evitarlo.

Dominic estaba sudando y un delicioso aroma masculino emanaba de él. Sin pensar, deslizó la palma de la mano por ese torso ancho y fuerte y entonces, de repente, la mano de Dominic atrapó la suya, dejándola sin aire.

Tenía los ojos abiertos y por un momento se quedó inmóvil. La había pillado. Pero cuando murmuró su nombre Cassandra se dio cuenta de que seguía soñando.

Tenía el corazón acelerado, pero no de alivio sino de desilusión. Quería que la tomase entre sus brazos y le hiciera el amor sin darle tiempo a pensar. Porque si pensaba demasiado...

Dominic tiró de ella entonces y la colocó sobre su pecho.

Cassandra iba a decir algo para que despertase,

pero él la besó y, a partir de ese momento, era suya. Su sabor, su olor, el roce de su piel era lo que más deseaba. No tenía fuerza de voluntad para apartarse.

Dominic deslizó las manos por sus costados, como para saber si de verdad estaba entre sus brazos, y ella supo entonces que estaba despierto.

–Estás aquí –dijo con voz ronca.

–Sí –murmuró Cassandra, pasándose la lengua por los labios–. Estoy aquí.

Entre sus brazos.

Dominic tiró del camisón entonces. Y todo estaba tan silencioso que oyeron el roce de la seda cayendo al suelo como una dulce rendición.

–Dios, sabía que eras preciosa, pero… –murmuró, mirando sus pechos con admiración antes de inclinarse para tomar uno de sus pezones con los labios.

–Por favor… –musitó ella, temblando por la exquisita tortura.

¿Pero estaba pidiendo más o pidiendo que parase? No lo sabía.

Podía sentir la erección masculina rozando su vientre y no recordaba haber estado tan excitada en toda su vida por las caricias de un hombre. Lo deseaba tanto que estaba a punto de perder la cabeza.

Después, todo ocurrió muy rápido. Dominic abrió sus piernas con la rodilla y sus cuerpos se convirtieron en uno solo. Cassandra no sabía cuál de los dos gritó primero, tal vez los dos a la vez, pero ante la primera sacudida todo en ella empezó a liberarse. Se abandonó por completo hasta que sintió que Dominic se ponía tenso… antes de dejarse ir dentro de ella.

Entonces enterró la cara en su pecho. Experimentaba una sensación de plenitud que no había esperado. Dominic y ella se habían convertido en uno en el sentido físico y eso era más satisfactorio de lo que nunca hubiera imaginado.

Dominic no podía creer lo que había pasado. Un minuto antes estaba soñando con ella y, de repente, Cassandra estaba a su lado, sobre él. Ni siquiera se había molestado en besarla como imaginó que ocurriría la primera vez que estuvieran juntos.

Juntos.

Cassandra levantó entonces la cabeza. La luz de la luna que entraba por la ventana iluminaba sus ojos y en ellos vio un brillo de placer que no podía disimular.

—Estaba soñando contigo —murmuró, apartando el pelo de su cara.

—Lo sé. Me llamaste.

¿La había llamado?

Y, sin embargo, no estaba avergonzado. Se alegraba de que supiera que la deseaba tanto.

Que aún la deseba.

Claro que seguramente Cassandra no necesitaba ninguna prueba.

—Llevo mucho tiempo deseándote —le confesó—. Y tú me has deseado a mí, lo sé.

Cassandra sostuvo su mirada durante unos segundos antes de asentir con la cabeza.

—Sí, es verdad.

Después de eso escondió la cara en su pecho, como si se sintiera avergonzada.

Y le pareció extraño. Esa vulnerabilidad no cuadraba con la imagen que tenía de ella. Era como si estuviera despertando a la pasión, como si no la conociera… pero no tenía sentido.

Había tenido un amante mientras estaba casada con Liam, de modo que ¿por qué fingir que no tenía experiencia?

Y entonces lo entendió.

Estaba fingiendo. ¿Era así como conquistaba a un hombre, haciendo que creyera que era el único que la excitaba?, se preguntó. Si era así, lo hacía muy bien.

¿Y si no?

Dominic sacudió la cabeza.

—Mírame, Cassandra.

—No tengo fuerzas.

—Mírame.

Por fin, ella levantó los ojos.

Era embrujadora.

Excitado de nuevo, entró en ella con una expresión de triunfo, hundiéndose hasta perderse del todo. Hasta perder la cabeza por completo. Nunca le había ocurrido algo así.

Llegaron al orgasmo a la vez y cuando los latidos de su corazón volvieron a la normalidad Cassandra lo miró con expresión desconcertada, sus ojos diciéndole que no podía creer lo que estaba pasando. Y a él le pasaba lo mismo.

Por el momento tomaría lo que le ofrecía, se dijo.

Mientras supiera que estaba manipulándolo, ella no tendría ventaja.

Pero entonces Cassandra bajó la mirada de nuevo.

—No hemos usado preservativo —murmuró.

El corazón de Dominic dio un vuelco.

—Es demasiado tarde, hablaremos de eso mañana —replicó, saltando de la cama y tomándola en sus brazos.

—¿Dónde vamos?

—A la ducha —dijo él, mientras entraba en el cuarto de baño—. Y después de eso —Dominic inclinó la cabeza para buscar sus labios— vamos a empezar otra vez.

Capítulo Cinco

Cassandra se estiró perezosamente mientras escuchaba el canto de los pájaros...

Y entonces se dio cuenta de dónde estaba.

En la cama de Dominic.

Pero él no estaba a su lado.

Nerviosa, se sentó de golpe, poniéndose colorada al ver el camisón en el suelo. Dominic se lo había quitado...

La tentación de quedarse allí y revivir la noche anterior era demasiado fuerte, pero tenía que atender a Nicole. Saltando de la cama, se puso el camisón a toda prisa y corrió a su habitación.

No, a la habitación de Nicole. Dominic no dejaría que volviese a dormir allí.

Y debía admitir que tampoco ella querría hacerlo. ¿Se atrevía a creer que las cosas habían cambiado entre ellos? ¿Podrían ahora ser tan compatibles fuera del dormitorio como dentro de él?

Nicole no estaba en su cuna, de modo que Dominic debía haber bajado con ella a la cocina... pero sólo se relajó cuando oyó la risa de su hija en el piso de abajo.

Mientras se duchaba, se le encogió el estómago al

recordar que se había duchado con Dominic por la noche. No sabía cómo había pasado, pero había pasado. Y, en realidad, no se arrepentía.

Después de ponerse un conjunto de punto, eligió unos pendientes de aro que la hacían sentir un poco como una gitana. Sí, así era como se sentía esa mañana.

Era evidente por el caos en la cocina que Dominic ya le había dado la papilla a Nicole y la niña estaba alegremente sentada en su trona, jugando con sus muñecos.

Él levantó la cabeza y sonrió al verla en la puerta.

–Buenos días.

–Buenos días –intentando disimular su apuro, Cassandra se acercó a la trona para besar a Nicole–. Buenos días, cariño.

Debía calmarse, se dijo. Era absurdo sentirse incómoda por haber sucumbido. También lo había hecho Dominic.

De repente, él se acercó para besarla y el beso le pareció algo totalmente natural, como si lo hubieran hecho siempre.

Pero no podía durar.

Esas cosas nunca duraban.

Cuando se separaron por fin, Cassandra sacó una taza del armario.

–Veo que ya le has dado el desayuno a Nicole –murmuró–. Muchas gracias. Es tarde e imagino que tendría hambre.

–He pensado que ya era hora de que Nicole y yo nos conociéramos un poco más.

Le pareció tan encantador que dijera eso… pero mientras se servía un café admitió que ser «encantador» no era precisamente una de las cualidades de Dominic Roth. Al menos con ella.

Y no sólo se había equivocado con ella. Tampoco había sido capaz de ver la auténtica personalidad de Liam. Eso demostraba que era un hermano cariñoso, protector. Y sería enternecedor si no la afectase tanto.

La noche anterior había dejado su puerta entreabierta, pensó entonces. ¿Lo habría hecho a propósito? Tal vez estaba intentando protegerlas.

Cassandra hizo una mueca. Bueno, protegiendo a Nicole al menos. Porque estaba segura de que Dominic no tenía la menor intención de protegerla a ella porque no era una auténtica Roth como la niña.

¿Pero qué más podía pedir? Si Dominic deseaba proteger a su hija debería agradecérselo. Que Nicole fuese feliz y estuviera protegida era la razón por la que se había casado con él. La indiferencia de Dominic hacia ella no importaba porque podía cuidar de sí misma, siempre lo había hecho. No necesitaba su protección o su…

Cassandra estuvo a punto de tirar el café al recordar que la noche anterior no habían usado preservativo.

–¿Cassandra?

Ella lo miró, tragando saliva.

–¿Y si estuviera embarazada?

Dominic hizo una mueca.

–A mí no me importaría.

–¿No?

–No había esperado que fuese tan pronto, pero no me importaría nada. Si ocurriese ahora… en fin, bienvenido sea.

Pero ella no quería que ocurriese.

«Mentirosa».

Era una cosa muy extraña, pero pensar que podría estar embarazada de Dominic la hacía sentir feliz.

Y entonces se dio cuenta de lo que eso significaría: tener un hijo con Dominic la ataría por completo a él y la familia Roth. Jamás podría marcharse. Que Nicole fuera su sobrina y no su hija le permitía distanciarse de él en cierto modo. Incluso pensaba que, en el futuro, Nicole y ella podrían forjarse otra vida, sin Dominic.

Pero si estaba embarazada no habría forma de escapar.

El ruido de los neumáticos de un coche por el camino rompió el silencio y Dominic lanzó una imprecación al asomarse a la ventana.

–¿Quién es? –preguntó Cassandra.

–Tenemos visita.

–¿Quién?

–Mis padres.

Ella tuvo que contener un gemido. ¿Sus padres? Aquello era lo último que esperaba y lo último que deseaba después de lo que había ocurrido esa noche. Angustiada, sacó a Nicole de la trona y lo siguió hasta la puerta.

–¿Qué hacéis aquí? –lo oyó decir.

Los Roth, que aún no tenían sesenta años, hacían una pareja perfecta. La estatura y el atractivo de Michael era un complemento perfecto a la frágil belleza de Laura. Los dos eran miembros de lo que se llamaba la «aristocracia» australiana y por eso era aún más asombroso que la hubieran aceptado en la familia.

Al principio.

Aunque Laura Roth parecía angustiada mientras miraba a su hijo, su expresión se endureció al mirarla a ella. Pero cuando miró a Nicole su rostro cambió por completo.

—Dios mío, Michael… nuestra nieta. Mira qué guapa está y cuánto ha crecido. Se parece tanto a su…

No pudo terminar la frase porque sus ojos se llenaron de lágrimas.

—Cariño, no llores —intentó animarla su marido.

A Cassandra se le encogió el corazón. Ningún padre debería perder a un hijo.

—Mamá, no deberías haber venido —dijo Dominic.

—Teníamos que venir —Michael Roth, sacó un pañuelo del bolsillo para ofrecérselo a su mujer–. ¿No nos invitas a entrar?

—Sí, claro. ¿Estás bien, mamá?

—Estoy bien, estoy bien. Ha sido la sorpresa de ver a Nicole.

—¿Queréis un café? —sugirió Cassandra–. O tal vez algo de comer. ¿Habéis desayunado?

—Hemos comido algo por el camino —contestó Michael–, pero nos vendría bien un café.

Cassandra se quedó un momento en el porche, respirando profundamente antes de seguirlos. Dominic llevaba a Nicole en brazos, muy serio, y ésa no era buena señal.

¿A quién quería engañar? Hacer el amor con él no había cambiado nada. Como sus padres, seguía pensando lo peor de ella.

–Voy a poner la cafetera –murmuró, antes de dirigirse a la cocina. Sería un alivio estar sola un momento…

–Espera –la llamó Michael–. Tenemos algo que deciros.

Dominic metió a Nicole en el parque y se quedó de pie, frente a la chimenea. Cassandra se sentó en uno de los sillones, con sus suegros en el sofá.

–¿Qué ocurre, papá?

–Como podéis ver, hemos vuelto antes de lo previsto. Así que imaginad nuestra supresa cuando Adam nos contó que os habíais casado.

–Adam no debería haberos dicho nada. O debería haberme llamado al menos.

–Yo le pedí que no lo hiciera. Queríamos hablar con vosotros en persona.

–¿Por que? ¿Hay algún problema?

–Sí, claro que hay un problema –respondió su padre–. Adam nos habló del testamento de Liam. Entiendo que quisieras cumplir el último deseo de tu hermano, pero tu madre y yo pensamos que deberías haber esperado un poco. No había necesidad de casaros tan aprisa. Podríamos haber encontrado una solución, para eso están los abogados.

Cassandra se quedó sin aire. Durante la enfermedad de Liam sus suegros habían sido muy fríos con ella, pero demostrar tan claramente su odio era intolerable. Si Dominic si hubiera casado con otra mujer no estarían allí.

–Tenía que casarme con Cassandra –dijo él.

–Sabemos que lo has hecho por Nicole…

–Cassandra y yo nos alegramos de habernos casado, papá –lo interrumpió Dominic.

–Pero podrías pedir la anulación –intervino Laura, dejando así claro que no creía que se hubieran acostado juntos–. Nosotros estaríamos encantados de ofrecerle una compensación económica.

Esas palabras fueron como una bofetada. La estaban insultando como si ella no estuviese en la habitación y ya estaba harta de aquella familia.

–¿Creéis que podéis comprarme?

–¿No lo hemos hecho ya?

Cassandra se levantó del sillón.

–No puedo creer que hayas dicho eso, Laura.

La mujer al menos tuvo la elegancia de ponerse colorada.

–Yo sólo…

–Ya está bien –las interrumpió Dominic–. Mamá, papá, escuchadme. Cassandra es mi mujer ahora os guste o no. Y sugiero que lo aceptéis o…

–¿O qué, hijo? –lo retó su padre, levantándose.

–No me obligues a elegir, papá. Nicole es lo más importante y si queréis ser parte de su vida, tendréis que aceptar a su madre.

Todos se quedaron en silencio un momento y, por fin, Laura dejó escapar un gemido de angustia.

–Pero ella puso a Liam en nuestra contra, hijo. Y ahora está haciendo lo mismo contigo.

Cassandra los miró, perpleja.

–Yo no puse a Liam en vuestra contra, no es verdad.

—Cassandra, por favor, tal vez sería buena idea que fueras a hacer el café —sugirió Dominic.

—Pero…

—Ve a hacer el café, por favor.

Cassandra miró a Nicole, que jugaba felizmente en su parque, y después se dirigió a la cocina, incapaz de mirar a sus suegros.

Una vez allí llenó la cafetera de agua y echó el café en el filtro, sin saber muy bien lo que hacía. Luego salió al porche trasero y se quedó un momento mirando la piscina. Podía oír las voces de Dominic y sus suegros en el salón, pero no quería saber lo que estaban diciendo. Había quedado bien claro lo que pensaban de ella.

No había sido siempre así, eso era lo más duro de todo. Si hubieran estado en su contra desde el principio en lugar de tratarla como si fuera de la familia… si no se hubiera encariñado aquello no sería tan difícil. Ella quería a Laura y Michael, pero se sentía traicionada por ellos.

Y, aparentemente, sus suegros sentían lo mismo. Le reprochaban tantas cosas que no entendía…

Pero la culpa era de Liam, que había estado celoso de su relación con ellos desde el principio. Liam, que había aprovechado cualquier oportunidad para hacerla quedar mal. Liam, que quería tener un hijo y luego decidió apartarse de ellas y volver a casa de sus padres para morir. Y por fin, Liam, que la había obligado a casarse con su hermano.

¿Para que Nicole creciera como una Roth?

¿O para destrozar su vida?

—¿Está listo el café?

—¿Eh? Ah, sí, sí.

Dominic la miraba con una expresión que Cassandra no podía identificar.

—¿Estás bien?

—Sí, claro —dijo ella, irónica.

—Siento mucho lo que ha pasado.

Cassandra parpadeó. Se alegraba de que Dominic la hubiera defendido, pero no había sido por ella en absoluto. Habían hecho el amor por la noche, pero no había cambiado de opinión y dudaba que lo hiciera nunca.

—¿Lo sientes? ¿Por qué? —le espetó entonces, incapaz de disimular su rabia—. Es lo mismo que piensas tú.

—Lo que yo piense no es importante. Me he casado contigo y vamos a seguir casados.

—Ya, claro. Vuelve al salón, yo iré enseguida.

Dominic la miró en silencio durante unos segundos y después salió de la cocina. Y Cassandra hizo lo posible por calmarse. Tenía que volver al salón y servir el café mientras se enfrentaba a la clara hostilidad de sus suegros. ¿Qué había hecho para merecer aquello?

Entonces recordó a Nicole. Obligada a casarse con Dominic o no, había hecho lo que debía hacer por su hija. Nicole era parte de la familia Roth y sería criada como uno de ellos.

Y aunque la intención de Liam hubiera sido destrozar su vida, ya encontraría la manera de solucionarlo.

Siempre lo había hecho.

Cuando entró en el salón, Laura intentó sonreír.

–Perdóname por lo que he dicho antes. No tenía por qué decir algo así.

Cassandra miró a Dominic, sabiendo que aquello era cosa suya. Y ese gesto, por pequeño que fuera, la hacía sentir un poco mejor.

–Gracias, Laura.

–También yo debo pedirte disculpas –dijo Michael, con expresión seria.

–Gracias.

Se alegraba de estar sirviendo el café porque no quería que vieran que tenía los ojos empañados. Deseaba volver a llevarse bien con sus suegros, pero por el momento debía disimular.

–Bueno, ¿qué planes tenéis para el resto del día? –les preguntó Dominic.

–¿Estás intentando librarte de nosotros, hijo?

–No, en absoluto. De hecho, iba a preguntar si queríais quedaros a comer.

Michael negó con la cabeza.

–Gracias, pero tenemos que volver a Melbourne.

En ese momento Nicole empezó a balbucear y todos se volvieron hacia el parque, donde la niña jugaba con sus muñecos. Era tan bonita que el corazón de Cassandra se llenó de amor.

–La niña es tan preciosa… –de repente, Laura se puso pálida y tuvo que dejar su taza sobre el plato.

–¿Qué te pasa? –exclamó Michael.

–¿Mamá?

–Estoy bien, no os preocupéis. Es que me he mareado un poco, nada más.

—¿Estás segura? –insistió Michael.

—No te preocupes, cariño. Estoy bien.

—Parece que está recuperando el color –murmuró Dominic, preocupado–. Pero estás muy cansada, mamá. Insisto en que os quedéis a dormir antes de volver a Melbourne.

—Pero no…

—Nada de peros –la interrumpió él–. Papá lleva horas conduciendo y no hace falta que volváis ahora mismo.

—Dominic tiene razón –asintió su padre–. Creo que está siendo demasiado para ti. Y para mí también, ya que hemos venido sin el chófer. Ya no estoy acostumbrado a conducir tantas horas. Además, hemos traído una maleta por si nos quedábamos a pasar la noche.

Laura se mordió los labios.

—Pero no queremos molestar.

—No molestáis en absoluto –se apresuró a decir Cassandra–. Hay habitaciones más que suficientes para todos.

Los ojos de su suegra se llenaron de lágrimas y la expresión de Michael se suavizó.

—Gracias.

—Te lo agradecemos mucho.

Cassandra se emocionó, aunque no debería. Al fin y al cabo, sus suegros pensaban lo peor de ella y no le habían dado el beneficio de la duda.

—Voy a subir un momento a preparar la habitación.

Y a comprobar que no había dejado nada suyo en la de Dominic. Por supuesto, Laura y Michael tendrían que aceptar que tarde o temprano se acostarían juntos, pero eso podía esperar. Además, tal vez Dominic no querría acostarse con ella teniendo a sus padres allí.

La habitación grande al final del pasillo sería perfecta para los Roth y, afortunadamente, lo único que quedaba en la de Dominic era la marca de su cabeza en la almohada. Cassandra hizo la cama rápidamente, intentando no recordar lo que había pasado por la noche.

Estaba cerrando la puerta cuando él apareció al final de la escalera.

—¿Estabas buscando algo?

—No, estaba haciendo la cama y comprobando que…

—¿No quedase ni rastro de ti en la habitación?

—Exactamente —dijo Cassandra—. Tus padres no están preparados para eso ahora mismo —añadió, intentando no ponerse colorada.

Tenía que poner cierta distancia entre los dos, pensó. Estaba acercándose demasiado y eso era un peligro.

—Sólo he subido para darte las gracias por animar a mis padres a quedarse.

—Era lo que debía hacer.

—Podrías haber dicho que se fueran a un hotel.

—No, por favor.

No se le había ocurrido y, además, jamás habría dicho algo así.

—Estás siendo muy amable con ellos. Más de lo que merecen.

El comentario la sorprendió.

—Al fin y al cabo son los abuelos de Nicole. Tengo que ser amable.

—No *tienes* que serlo.

Cassandra arrugó el ceño.

—¿De qué lado estás, Dominic?

Él no contestó enseguida.

—De ninguno —dijo por fin, antes de darse la vuelta.

Una hora después, Laura se encontraba un poco mejor y sugirió ir al pueblo para comprar un par de cosas que necesitaba. Y Cassandra decidió aprovechar la oportunidad para comprar un bañador. Se moriría de vergüenza si tuviera que ponerse el bikini delante de sus suegros.

A sugerencia de Laura, comieron en el mejor restaurante de Lorne y, una vez de vuelta en casa, insistió en meter a Nicole en la cuna. Y a Cassandra no se le escapó el gesto de alegría de su suegra cuando supo que compartía habitación con la niña y no con Dominic.

Afortunadamente, no dijo nada. ¿Qué iba a decir?

Cuando Nicole se durmió decidieron reunirse con los hombres, que las esperaban frente a la piscina. Debería ser relajante tumbarse en una hamaca bajo el sol, pero Cassandra no estaba relajada en absoluto.

Asombrosamente, el bañador que le había parecido tan pudoroso en la tienda delante de Dominic parecía decir «sedúceme». Y sospechaba que de no haber estado sus padres allí, lo habría hecho.

El resto de la tarde le pareció interminable, aunque hubo momentos en los que todo el mundo se mostró agradable. Nicole era el lazo que tenían en común y cuando la niña despertó, sus abuelos estuvieron encantados de jugar con ella.

Por fin, Laura decidió echarse un rato mientras Dominic y Michael jugaban al ajedrez y vigilaban a Nicole para que Cassandra pudiera hacer la cena. Pero a medida que el sol se escondía tras el horizonte, notó que Dominic se ponía tenso. Era emocionante saber que la deseaba, pero debía mantener su propio deseo bajo control.

Sabía que no harían el amor esa noche, con sus suegros en casa, ¿pero qué pasaría al día siguiente? ¿Seguiría deseándola? ¿Lo desearía ella?

Aunque Cassandra sabía la respuesta a esa pregunta.

Después de cenar, Laura y Michael subieron a su habitación y ella decidió que no quería quedarse a solas con Dominic, de modo que dijo que se iba a la cama.

–Subiré contigo para meter a Nicole en la cuna.

–Ah, muy bien.

El aire se cargó de sensualidad mientras subían la escalera. Podía sentirlo a cada paso, pero Dominic no dijo una palabra mientras le ponía el pijama a la niña. No dijo una palabra, pero la miraba de una forma… Cassandra sospechó que estaba a punto de darle un beso de buenas noches.

Pero Dominic hizo un brusco movimiento, como

si estuviera intentando controlarse a sí mismo, y se dirigió hacia la puerta.

—Buenas noches —dijo con voz ronca.

—Buenas noches —murmuró Cassandra, tragándose la desilusión pero sabiendo que era lo mejor.

Esa noche no pudo pegar ojo. No dejaba de imaginar a Dominic en su habitación, al otro lado del pasillo, y daba vueltas y vueltas en la cama, incapaz de conciliar el sueño.

De modo que fue una dulce venganza ver que también él tenía ojeras a la mañana siguiente. Al menos no era la única que no había dormido.

Laura y Michael estaban ya en la cocina y los dos parecían relajados. Se mostraron muy cariñosos con Nicole, pero después de desayunar volvieron a ser tan fríos como el día anterior. Era como si tener que volver a Melbourne les recordase todo lo «malo» que le había hecho a Liam. Y se le encogió el corazón al pensar lo injusto que era eso. No había manera de hacerlos cambiar de opinión, ni a sus suegros ni a Dominic.

La pareja se marchó a media mañana, después de besar a Dominic y a Nicole. Por supuesto, a ella no la besaron y cuando el coche se alejaba por el camino Cassandra sentía una mezcla de alivio y tristeza.

Dominic y ella estarían solos durante el resto de la semana, pensó entonces. ¿Le haría el amor? No había nada que se lo impidiera.

Entonces Nicole empezó a protestar…

Nada salvo Nicole.

—Tengo trabajo que hacer —dijo él—. ¿Te importa si te dejo sola con la niña?

–No, claro que no.

Una hora después, Dominic seguía en el estudio. Cassandra metió a Nicole en la cuna y decidió leer un rato frente a la piscina.

Sabía que él la había visto porque estaba frente a la ventana, hablando por el móvil. Había sentido el impacto de su mirada a distancia.

Fingió concentrarse en la lectura, pero no era capaz de pasar del primer párrafo. Dominic la había hecho suya la otra noche y su mirada le decía que la deseaba de nuevo.

Pero diez minutos después, aún no había salido al jardín. ¿Habría imaginado esa mirada desde la ventana?, se preguntó, levantándose para hacer la comida.

Estaba abriendo la nevera cuando oyó un ruido tras ella. Dominic estaba en la puerta, sus ojos llenos de deseo. Y no dijo una palabra mientras daba un paso adelante para buscar sus labios.

El beso era ardiente, como si estuviese hambriento de ella. Y era una experiencia nueva que un hombre la devorase de esa forma.

Dominic estaba besando su cuello, pero Cassandra giró la cabeza para ofrecerle sus labios.

La acariciaba por todas partes, pero sólo cuando se apartó un poco se dio cuenta de que había soltado el lazo del top, dejando el sujetador al descubierto.

–Eres preciosa –murmuró, desabrochando la prenda con manos ansiosas.

Cassandra dejó escapar un gemido cuando empezó a acariciar sus pechos, apretando los pezones entre los dedos hasta que tuvo que morderse los labios. Era una soberbia forma de tortura.

Dominic se apartó un poco para tirar del pantalón corto y las braguitas al mismo tiempo, dejándola desnuda.

Y el corazón de Cassandra se detuvo un momento al ver que se inclinaba para besar su estómago, su vientre, su ombligo. Estaba suspirando, pero esos suspiros no eran nada comparados con el gemido que escapó de sus labios cuando empezó a besar el interior de sus muslos...

–¿Qué... estás haciendo?

Dominic no contestó, no hacía falta. Y, un segundo después, el roce de su lengua hizo que le temblasen las rodillas.

Terciopelo ardiente.

Capítulo Seis

Durante el resto de la semana pasearon por la playa, visitaron las preciosas cataratas de Erskine Falls y fueron al Cabo Otway para visitar uno de los faros más antiguos de Australia. Por la noche, veían películas o jugaban al ajedrez y a las cartas.

Dominic había tenido razón, aquellas vacaciones eran buenas para todos. Fuera de la ciudad, alejada de los recuerdos de Liam, Cassandra se sentía menos estresada.

Aunque a veces veía a Dominic mirándola con una expresión extraña y sabía que no había cambiado de opinión sobre ella. Podía entenderla un poco más después de conocer algo de su infancia, pero en su opinión eso no era excusa para convertirse en una buscavidas ni para la supuesta aventura con Keith.

Y seguía enfadado con ella por la manera en la que creía había tratado a Liam.

Cassandra debía admitir que antes no le importaba su opinión porque tenía demasiadas preocupaciones con Nicole y con Joe como para pensar en otra cosa. Pero ahora le dolía. Había creído que, con el tiempo, Dominic olvidaría el pasado y llegaría a encariñarse con ella, pero no era así. Y eso no prometía un futuro muy esperanzador.

Por fin, la «luna de miel» terminó y volvieron a Melbourne el lunes por la mañana. Y cuanto más se acercaban a la ciudad, más tensión había entre Dominic y ella.

Había tantas cosas que solucionar… y sólo quedaban dos semanas para las navidades. Serían unas navidades tristes para los Roth y Cassandra no le había recordado a nadie que su cumpleaños era el jueves. No diría nada, no le parecía bien celebrar un cumpleaños en esas circunstancias.

Afortunadamente, no tendrían que enfrentarse con la prensa ya que Michael había enviado el comunicado anunciando su boda y él mismo se había encargado de atender a los periodistas.

Debía llamar a su hermana, Penny, y solucionar los problemas en la residencia. Lo haría al día siguiente, cuando Dominic volviese a la oficina. Aunque rezaba para que el dinero de la pensión estuviera en el banco.

Llegaron a Sandringham a mediodía. Nesta los recibió en la puerta y se encargó de las maletas mientras Dominic le enseñaba el interior de la casa, que no había podido admirar hasta entonces.

Era una mansión impresionante, con muebles modernos y una pared enteramente de cristal en el salón desde la que se veía el jardín y la piscina. También tenía una pista de tenis e incluso un gimnasio en la planta de abajo.

Las habitaciones estaban decoradas con gran lujo y el dormitorio principal tenía un balcón que daba a la bahía. Y sólo tuvo que mirar a los ojos de Dominic para saber que usarían el jacuzzi.

Le ardían las mejillas mientras bajaban de nuevo al salón, pero se había calmado cuando se sentaron a comer. Después, subió con Nicole a la habitación mientras él iba a la oficina y Nesta preparaba la cena.

Y, de repente, se quedó sola.

Aquélla iba a ser su vida a partir de aquel momento. Estaban de vuelta en el mundo real y nada iba a cambiar. Seguía siendo una esposa trofeo como lo había sido con Liam. Liam era una persona muy sociable, acostumbrada a organizar fiestas, pero Dominic era más circunspecto. Y no sabía qué esperaba de ella en ese sentido.

Pero sí sabía que no podía seguir mucho tiempo sin hacer nada. Le encantaba ser madre y pasar tiempo con Nicole, pero necesitaba hacer algo, aunque sólo fueran unas horas al día.

Algo. Cualquier cosa.

¿Un trabajo a tiempo parcial? ¿Ofrecerse como voluntaria en alguna organización benéfica? Ni siquiera tenía coche propio, pensó entonces. Y sin coche no podría ir a la ciudad. Liam había insistido en que usara al chófer para ir donde quisiera…

Cassandra respiró profundamente, diciéndose a sí misma que no debía asustarse. No estaba atrapada en aquella casa. Tenía cuatrocientos dólares en el banco y con eso podría pagarse unos cuantos viajes en taxi a la ciudad. Cuando recibiera el dinero de

Liam se compraría un coche y contrataría a una niñera para Nicole. O tal vez Nesta podría cuidar de la niña. El ama de llaves era viuda y tenía un par de nietos, de modo que sabía tratar con niños.

De repente, sintió el deseo de volver a su antigua casa. Todo había sido tan rápido que salió de allí para casarse sin echar un vistazo alrededor.

Estaba a punto de llamar a un taxi cuando recordó el Porsche de Dominic. ¿Le importaría que lo usara?

—No sé si le gustaría —contestó Nesta cuando le preguntó—. Ya sabe cómo son los hombres con los coches...

—Es que quiero echar un vistazo a la zona. No la conozco.

A regañadientes, Nesta le dio las llaves.

—Bueno, pero prometa que me llamará si necesita algo.

—Te lo prometo. Y te dejaré el número de mi móvil para que me llames cuando despierte Nicole.

El Porsche era precioso, pero cuando se colocó tras el volante Cassandra dudó un momento. El coche era de su marido, se dijo. No pasaba nada por usarlo si le hacía falta. Y si se enfadaba, peor para él.

Cuando estaba atravesando la verja ya empezaba a acostumbrarse a conducir el deportivo. Un rato después incluso encendió la radio y dejó que el viento moviera su pelo. Y para cuando llegó a su antigua casa sentía como si las telarañas de su mente hubieran desaparecido.

Pero lo primero que vio fue un cartel de *Se Vende*

que la tomó por sorpresa. Sólo había pasado una semana, pero Dominic ya la había puesto la casa en venta sin decirle nada.

Sintiéndose casi como una intrusa, bajó del coche y sacó el correo que sobresalía del buzón.

Y cuando entró en la casa descubrió que nada había cambiado. Nada salvo ella, pensó. Entonces se dio cuenta de que los muebles seguían allí, pero todos sus objetos personales habían desaparecido. Sin duda Dominic los habría enviado a algún almacén, pero era típico de su actitud no haberle dicho nada.

Iba a entrar en la cocina, pero se quedó en la puerta. No quería entrar allí, donde había organizado tantas cenas para los amigos y socios de Liam y donde Keith Samuels le había robado un beso. Y tampoco quería entrar en el dormitorio que había compartido con su marido.

Toda la casa tenía un aire de derrota, de soledad, a pesar de la elegante decoración. O tal vez eran los tristes recuerdos.

Después de mirar alrededor, Cassandra se despidió de Liam por última vez y cerró la puerta.

Nesta pareció muy aliviada al verla y ella tuvo que admitir que ver una cara amiga al llegar a casa la hacía sentir un poco mejor.

Cuando Dominic volvió alrededor de las siete, estuvo tentada de pedirle explicaciones por haberse llevado sus cosas personales de la otra casa sin decirle nada, pero Nicole estaba inquieta y no dejaba de protestar. Y cuando Dominic se colocó a la niña sobre las rodillas, el enfado de Cassandra se disipó.

Si algo le ocurriese a ella, su hija estaría protegida y cuidada. Y se lo agradecía de corazón.

Sólo cuando Nicole estaba en la cuna y Dominic en la ducha recordó que había pensado llamar a Penny. Era demasiado tarde, de modo que tendría que esperar hasta el día siguiente. Mejor, así podría visitar a su padre y luego llamaría a Penny para contarle cómo iba todo.

–Si quieres cambiar alguna cosa en la casa sólo tienes que decírmelo –sugirió Dominic durante la cena.

–No, me gusta, está muy bien. Por cierto, he ido a dar una vuelta esta tarde…

Él arrugó el ceño.

–¿Cómo has ido?

–En tu Porsche.

–¿En mi Porsche?

–No te preocupes, no le he hecho nada, está perfecto. Aunque la verdad es que pasé muy cerca de ese autobús… –bromeó Cassandra–. Pero no, había cinco o seis centímetros entre el autobús y el Porsche cuando pisé el freno.

Dominic masculló una maldición.

–Me da lo mismo el coche. Pero hay gente por ahí a la que no le importaría hacerle daño a una mujer con una niña pequeña.

–Nicole se ha quedado con Nesta, he ido sola.

–Una mujer sola, da igual. Te has puesto en peligro absurdamente.

Cassandra lo miró, perpleja. ¿De qué estaba hablando?

–¿Cómo que me he puesto en peligro? ¿Crees que una mujer no debe salir sola por la ciudad?

–¿No recuerdas hace seis meses, cuando esa mujer fue secuestrada y asesinada por un empleado de su marido?

–Uno no puede vivir en una torre de marfil, Dominic. Es absurdo.

–No tienes que vivir en una torre de marfil. Pero si quieres conducir el Porsche puedes hacerlo los fines de semana, cuando yo vaya contigo. Y si tienes que salir, mi chófer puede llevarte donde quieras.

–No necesito un chófer, puedo ir sola –dijo ella.

–Muy bien, si insistes en salir sola tendré que contratar un guardaespaldas.

Cassandra tragó saliva. Si hacía eso no podría visitar a su padre en la residencia sin que Dominic lo supiera.

–Me parece absurdo. Antes de casarme iba y venía cuando me daba la gana.

–Las cosas han cambiado… el mundo ha cambiado. Todos nuestros conductores están entrenados para protegernos si hubiera necesidad.

–Por favor, es ridículo.

–No, no lo es. El mundo se ha vuelto un sitio muy peligroso y lo mejor es no arriesgarse. Puedes hacer lo que quieras, pero debes tener cuidado. No estaría bien que Nicole perdiera a su madre, ¿no crees?

Ah, de modo que aquello no tenía que ver con ella sino con Nicole. Se alegraba de que pensara en su hija, pero habría estado bien que la incluyera en su preocupación.

Saber que le daba igual lo que le pasara fue el catalizador para que dejase de sentirse culpable por haberle mentido sobre Joe.

–¿Eso significa que puedo ir al dentista mañana?

–Pues claro. Mi conductor te llevará donde tengas que ir.

Y Cassandra entendió por qué: no confiaba en ella. Seguramente sospechaba que tenía un amante o algo así. Aún le dolía no haber podido convencer a Liam de la verdad y le pasaba lo mismo con su hermano.

Intentando no sentirse dolida, Cassandra siguió cenando. Pero no podía dejar de pensar que al día siguiente tendría que despistar al chófer. No iba a ser fácil…

Pero su dentista estaba en una zona comercial de la ciudad y podría pedirle que la dejase en el aparcamiento. Y si iba a buscarla y no la encontraba, le diría que después del dentista había ido de compras.

–¿Dónde has ido con el Porsche, por cierto?

–A mi antigua casa. Y he visto que quieres venderla.

–No hay razón para no hacerlo.

–Ésa no es la cuestión. Has guardado todas mis cosas personales sin decirme nada…

–Tus cosas personales están aquí, en una de las habitaciones de invitados.

–Podrías haberme dicho algo.

–Pensé que así te ahorraría problemas.

–No tienes que ahorrarme nada, no soy una niña. Y son *mis* cosas.

Dominic la estudió un momento, en silencio.

–Solía pensar que esa casa os pegaba a Liam y a ti, pero ahora me doy cuenta de que no es así. Era la casa de Liam, ¿verdad?

Cassandra intentó fingir indiferencia.

–Liam eligió los muebles.

–¿Por qué?

–¿Cómo que por qué?

–¿Por qué no los elegiste tú? Normalmente es la esposa quien se encarga de la decoración.

–Era la casa de Liam y él eligió los muebles –Cassandra se encogió de hombros.

–Pero también era tu casa.

–No, no lo era. Liam la compró con su dinero y estaba a su nombre. Incluso puso la escritura a tu nombre después, ¿recuerdas? No era mi casa y no lo fue nunca.

–Sí, es cierto. Pero yo estoy hablando de algo más que de una escritura de propiedad. Estoy hablando de que erais marido y mujer en esa casa.

–Y yo también –Cassandra lo miró a los ojos, esperando que entendiera.

–¿Es por eso por lo que tuviste una aventura?

–No tuve una aventura, ya te lo he dicho…

En ese momento, Nesta apareció para decirle a Dominic que Adam quería que lo llamase después de cenar y Cassandra tuvo que callarse.

Cuando se quedaron solos de nuevo esperó, pero él no retomó la conversación. Y casi se lo agradecía. Porque daba igual lo que dijera, sabía que no iba a creerla.

Tal vez no debería haberle contado nada. Dominic y ella no eran amigos. Con el paso del tiempo descubriría que Liam no era tan buena persona como había creído y que ella nunca había tenido una aventura, pero en aquel momento se estaba arriesgando al darle información a un hombre que la creía una esposa infiel. Información que podía usar contra ella.

Debía recordar que tenía un equipo de abogados investigando su matrimonio. En seis meses, la carta en la que Liam la acusaba de chantajearlo para quedar embarazada sería destruida y entonces ya no habría una prueba para apoyar «la verdad» de su difunto marido. Y tampoco la habría de su «aventura» con Keith Samuels.

Desgraciadamente, eso no era suficiente. Liam le había hablado a su hermano de la supuesta aventura con Keith y Dominic podría usarlo en los tribunales si quisiera. Y lo haría, no tenía la menor duda.

Capítulo Siete

A la mañana siguiente, Cassandra dejó a Nicole con Nesta y le pidió al chófer de Dominic que la llevase al centro comercial. Hubo un momento tenso cuando el hombre insistió en acompañarla, pero Cassandra le aseguró que sólo tardaría un par de horas y, después de darle esquinazo, tomó un taxi y se dirigió a la residencia. Su padre no siempre la reconocía, pero aquel día sí lo hizo.

—Cassie, qué alegría verte –la saludó, sentado en un banco del jardín.

Cassandra lo abrazó y parpadeó furiosamente para contener las lágrimas.

—Yo también me alegro mucho de verte, papá.

—¿Por qué lloras? ¿Qué te pasa?

—Nada, es que me alegro mucho de que estés bien –dijo Cassandra, sentándose a su lado.

—¿Cómo está Nicole? ¿No la has traído?

—No, está un poco resfriada y he pensado que lo mejor sería dejarla en casa.

—¿Y cómo está Liam? Hace tiempo que no lo veo.

A Cassandra se le encogió el corazón. Ésa era la prueba de que su padre no estaba mejor. Aunque no le dijo que había muerto, sí le había contado que estaba muy enfermo, pero su padre no lo recordaba. Y tal vez lo mejor sería no decirle nada. En cualquier caso, seguramente la próxima vez no se acordaría.

–Sigue trabajando mucho, ya sabes. Pero te manda un saludo.

Liam siempre había estado ocupado y sólo había visto a su padre en un par de ocasiones; una antes de casarse y otra después. Y luego ambos hombres se habían puesto enfermos.

–Una pena que no puedas ver a tu madre, Cassie.

–¿Has hablado con mamá? –preguntó ella, asustada. Su padre estaba peor de lo que creía.

–Sí, claro.

–¿Y dónde está ahora?

Joe miró alrededor, pero sus ojos empezaron a empañarse.

–No lo sé… no me acuerdo.

Cassandra apretó su mano.

–No pasa nada, papá. ¿Por qué no disfrutamos un rato del sol? Se está muy bien aquí.

Su padre asintió con la cabeza, un poco tembloroso.

Estuvieron charlando durante quince minutos, hasta que llegó la hora de comer, y después de llevarlo al comedor se despidió de él con el corazón encogido. Era terrible verlo así, no era justo. Joe siempre había sido un hombre tan fuerte… había aportado tanto a la comunidad acogiendo a niños y adoptando después a Penny y a ella. Aunque siempre decía que era al revés, que eran sus hijas las que le habían dado la felicidad.

Cuando iba al despacho de la directora para hablar sobre los pagos mensuales, un estruendo la sobresaltó. Una anciana había tirado la bandeja del almuerzo y Cassandra se apresuró a entrar en la habitación para ayudarla.

Un empleado entró corriendo tras ella.

—Muchísimas gracias. Estaba ocupado dándole la comida a Rose y no he podido venir antes. Es una pena que no haya más gente echando una mano.

En ese momento a Cassandra se le ocurrió una idea. ¿Sería posible trabajar como voluntaria en la residencia? Era evidente que necesitaban ayuda y ella no tenía nada que hacer…

Mientras se dirigía al despacho de la directora tomó una decisión: solucionaría el problema de los pagos y después le preguntaría por el trabajo voluntario.

—Hola, señora Roth —la saludó Jane Clyde—. Me alegro de que haya venido. Iba a llamarla ahora mismo.

—Sé lo que vas a decir, Jane. Aún no he pagado los últimos meses.

La mujer le hizo un gesto para que se sentara.

—Siento mucho tener que recordárselo, señora Roth, pero es parte de mi trabajo comprobar que los pagos se hacen a tiempo.

Cassandra tragó saliva. Podría tardar meses en recibir el dinero si Dominic no presionaba a los abogados. Tenía que hablar con él lo antes posible.

—Te aseguro que muy pronto recibiré el dinero que mi marido me ha dejado en su testamento.

—Muy bien, señora Roth. Y, por cierto, quería felicitarla por su nuevo matrimonio… y darle el pésame por la muerte del señor Roth.

Cassandra se dio cuenta de que su rápido matrimonio con Dominic debía parecerle peculiar, pero nada en su expresión la delataba.

–Gracias. Y, por favor, te he dicho muchas veces que me llames Cassandra.

–Lo siento, pero no puedo hacerlo.

Ella sacudió la cabeza, exasperada. La gente solía pensar que siendo miembro de la familia Roth tenía derecho a ser tratada como si fuera de la aristocracia.

–Estaba pensando… ¿podría trabajar aquí como voluntaria? He visto que andáis escasos de personal y sólo serían un par de días por semana, si te parece bien. Puedo limpiar, cocinar o atender a los residentes.

Jane la miró con cara de sorpresa.

–Nos encantaría contar con su ayuda, señora Roth, pero no puedo dejar que haga ningún trabajo físico. Tenemos que evitar cualquier posible demanda, pero podría leerles el periódico o hacerles compañía.

–No se me van a caer los anillos, Jane.

–Ya, pero se organizaría una revolución si la dejase trabajar en la cocina. Aquí todo se mueve a través de sindicatos.

–Ah, claro. ¿Pero entonces podría venir para hacerles compañía?

–Sí, yo creo que eso sería aceptable.

–Estupendo. Así, además de ver a mi padre más a menudo, haré algo productivo.

–Cuando quiera empezar sólo tiene que decírmelo.

Cassandra salió de la residencia sintiéndose más alegre que en mucho tiempo. Tal vez debería esperar hasta después de Navidad para hablarle a Dominic sobre el dinero. ¿Pero y si alguien lo llamaba para hablarle de las mensualidades pendientes en la residencia?

No quería arriesgarse a que supiera nada sobre Joe o sobre el dinero que debía… y si no dejaba de darle vueltas al asunto se volvería loca.

Afortunadamente, una vez de vuelta en casa tenía a Nicole para mantenerse ocupada. Y cuando le preguntó a Nesta si podía cuidar de la niña un par de días a la semana la mujer se mostró encantada. Por lo visto, había estado cuidando de su nieta hasta que su hija volvió a trabajar y ahora que estaba en la guardería la echaba de menos.

A media tarde, Cassandra llamó a su hermana por teléfono. Penny y los niños estaban sufriendo un virus estomacal de modo que no pudo hablar durante mucho rato, pero prometió llamarla unos días después. Aunque le extrañó que no mencionase su boda con Dominic, Penny siempre había sido muy discreta…

Sin embargo, cuando colgó tenía lágrimas en los ojos. Aunque no compartía muchas confidencias con Penny, de repente sentía como si no tuviera nadie a quien confiarle sus cosas. Y era una sensación horrible.

***

Esa noche, Dominic ayudó a darle la papilla a Nicole y luego él mismo la metió en la cuna. Podría ser un padre maravilloso para Nicole, pensó.

Y para los hijos que pudieran tener más adelante.

La idea era emocionante y, al mismo tiempo, le daba pánico.

–¿Qué tal en el dentista?

–¿Eh? Ah, bien, bien. Seguramente tendré que volver porque me duele una muela y tiene que… ponerme un tratamiento.

–¿Qué clase de tratamiento?

–Doloroso –contestó Cassandra.

–Podrías ir a mi dentista. Es estupendo.

–No, no. Llevo toda mi vida con éste y confío en él.

Dominic la miró, pensativo.

–Muy bien, pero si cambias de opinión sólo tienes que decírmelo.

–Por cierto, mi dentista me ha comentado que en la residencia en la que vive su madre necesitan voluntarios –dijo ella entonces. Estaba harta de mentiras, pero no podía arriesgarse a contarle la verdad–. Y he pensado que sería bueno para mí salir de casa un par de veces por semana.

–¿Nicole es demasiado para ti?

–No, claro que no. Pero eso no significa que no necesite un descanso de vez en cuando.

–¿Estás aburrida? –le preguntó él, enarcando una ceja.

–No, para nada. Pero me aburriré si no hago algo.

–No trabajabas como voluntaria cuando estabas casada con Liam.

–No, pero me habría gustado hacerlo –respondió Cassandra–. Liam siempre estaba organizando fiestas en casa y, como yo era la anfitriona, no tenía tiempo para nada más. Y luego se puso enfermo...

Dominic asintió con la cabeza.

–¿Qué tipo de residencia es?

–Una residencia de la tercera edad. Sólo me encargaría de hacer compañía a los residentes, pero sé que agradecerían mucho la ayuda.

–¿Dónde está?

–Al norte de la ciudad, a una hora de aquí más o menos. Tu chófer puede llevarme.

–¿Y Nicole?

–Se me ha ocurrido una idea: Nesta tiene una nieta que ahora está en la guardería y la echa de menos. Yo creo que podría traerla aquí mientras yo estoy en la residencia, así jugarían juntas. Es una niña de un año y sería buena compañía para Nicole.

–Muy bien, estupendo. Pero no te canses demasiado.

–No, claro que no.

Nesta entró en ese momento en el comedor para decirle a Dominic que su primo Logan quería hablar con él urgentemente.

–Muy bien, hablaré desde el estudio –murmuró él, sin disimular su irritación–. Perdona, vuelvo enseguida.

Nesta se volvió hacia Cassandra.

–Tal vez debería haber esperado que terminase de comer para decirle lo de la llamada.

–No, es posible que sea algo importante.

–¿Quiere esperar a que vuelva el señor Roth o le sirvo el primer plato?

–Mejor no, podría tardar un rato.

Cuando el ama de llaves desapareció, Cassandra se quedó pensativa. Liam le había dicho que Logan y Dominic se llevaban bien, casi como si fueran hermanos. Pero, por la expresión de Dominic, había cierta fricción entre los dos.

Aquél era un buen momento para recordar que Dominic podía ser amigo o enemigo. Si creía que lo mejor para Nicole era apartarla a ella de su vida, lo haría.

Sin dudarlo un momento.

Cassandra pasó el día siguiente en casa, jugando con Nicole, dándose un baño de espuma e intentando relajarse. Sabía que estaba siendo cobarde por no hablarle del dinero a Dominic, pero hablar de dinero con un hombre que la creía una buscavidas era casi como admitir que tenía razón sobre ella.

Y, sin embargo, no era así.

Pronto llegó el jueves, el día de su cumpleaños. Aunque no iba a decírselo a nadie. Cuando Dominic se marchó a trabajar, salió al jardín con Nicole y dejó que la niña gatease por la hierba mientras ella admiraba los macizos de flores. Era su cumpleaños y nadie la había felicitado, pensaba, sin poder evitar la tristeza.

–Señora Roth, ha llamado el señor Roth para preguntar si puedo quedarme con la niña esta noche –le dijo Nesta cuando entró en la cocina–. Por lo visto, piensa llevarla a una fiesta.

El corazón de Cassandra dio un vuelco. ¿Sabía que era su cumpleaños?

—¿Ha dicho qué clase de fiesta?

—No, sólo que quería que tuviera usted tiempo para ponerse guapa —respondió el ama de llaves, con una sonrisa en los labios.

Cassandra consiguió decir algo apropiado, no sabía bien qué, antes de llevar a Nicole a la habitación para meterla en la cuna. Pero no podía dejar de preguntarse si Dominic quería darle una sorpresa. Tal vez era una fiesta familiar… aunque no creía que los Roth estuvieran dispuestos a eso. Claro que a Laura le encantaban las fiestas y, sobre todo, hacer lo que se esperaba de ella, aunque detestase a su nuera.

Pasó el resto del día intentando no hacerse ilusiones, pero en el fondo de su corazón esperaba que Dominic hubiera organizado algo especial para celebrar su cumpleaños.

Estaba poniéndose un vestido de seda de color violeta, elegante pero cómodo, cuando Dominic entró en la habitación.

—Vaya, estás guapísima.

—Gracias —ella carraspeó, un poco nerviosa.

—Te besaría, pero no quiero estropearte el maquillaje.

Cassandra escondió su sorpresa… y su desilusión.

—Hay algo en ti esta noche, no sé qué es. Pareces inquieta.

—¿Ah, sí?

No quería estarlo. Si había organizado una fiesta para celebrar su cumpleaños no quería estropearle la sorpresa. Y si no…

–Dame diez minutos para ducharme –Dominic tiró la chaqueta sobre la cama y empezó a soltarse la corbata–. Esta noche iremos en el Porsche, la fiesta no es lejos de aquí. Pero te advierto que es una de esas aburridas reuniones de sociedad.

–Ah, ya.

La burbuja de Cassandra empezaba a romperse.

–Siento mucho no haberte avisado con más antelación, pero tengo que aparecer en nombre de mi familia.

–¿Y no se dan cuenta que tu familia sigue de luto?

–Imagino que no. Yo no tenía la menor intención de acudir, pero hay un rumor flotando por ahí sobre la posible jubilación de mi padre…

–¿Michael se va a retirar?

–No, claro que no. Estoy convencido de que el rumor lo ha lanzado uno de nuestros competidores para poner nerviosos a los clientes.

Cassandra arrugó el ceño.

–Aunque Michael se retirase, Adam y tú tenéis una excelente reputación y llevareis la empresa tan bien como la ha llevado él durante todos estos años. No creo que la jubilación de tu padre cambiase nada.

–Gracias por la confianza, pero cualquier posibilidad de cambio pone nerviosa a la gente y esta noche mi obligación es controlar ese rumor. Uno de nuestros mejores clientes estará en la fiesta y tengo que asegurarle que todo va a seguir como hasta ahora.

Cassandra asintió con la cabeza. Entendía la importancia de esa fiesta y se sentía un poco tonta por haber pensado que tenía algo que ver con su cumpleaños.

–Ya veo.

Dominic arrugó el ceño.

–¿Qué ocurre?

–Nada.

–Pero pareces triste.

–No, en absoluto. Bueno, te espero abajo –Cassandra intentó sonreír, aunque no estaba segura de haberlo conseguido.

La burbuja se había roto por completo. No debería sentirse decepcionada, pero así era.

Media hora después entraban en una impresionante mansión. Los anfitriones eran una pareja encantadora y demasiado educada como para preguntar por su repentina boda. Pero podía notar todas las miradas clavadas en ellos y agradeció que Dominic permaneciese a su lado, tomándola por la cintura con gesto protector.

¿O era posesivo?

¿Y por qué sentía un ligero escalofrío al pensar que lo fuese?

–No hagas caso –le dijo él al oído.

–¿A quién?

–A toda esa gente que nos mira –contestó Dominic.

No tenía que decirle que todos estarían preguntándose cómo una mujer podía casarse con el hermano de su difunto marido dos semanas después de su muerte.

–Ya, claro.

–Si alguien te dice algo, avísame. No volverá a hacerlo, te lo aseguro.

–No creo que se atrevieran –murmuró Cassandra, sin poder disimular una sonrisa.

–¿Te parece divertido?

–No, lo que me parece divertido es que te pongas en plan padrino de la mafia.

Dominic sonrió entonces, con esa arrogancia que lo caracterizaba.

–No sonreirás cuando volvamos a casa –dijo en voz baja–. Al contrario, tendrás que suplicarme.

El corazón de Cassandra se aceleró. Habían hecho el amor todas las noches desde que volvieron de su supuesta luna de miel, pero aquella noche sería un regalo de cumpleaños para ella.

–Sigue sonriendo –dijo Dominic entonces.

Pero ella notó que estaba mirando hacia el fondo del salón.

–Nos están observando, ¿verdad?

Por eso se mostraba tan cariñoso con ella; estaba utilizándola. Como Liam solía utilizarla delante de sus amistades.

–El hombre con el que tengo que hablar acaba de llegar y quiero que nos vea sonriendo. Será más fácil hacerlo creer que no hay ningún cambio a la vista si nos portamos como si estuviéramos pasándolo bien.

Cassandra hizo una mueca. La idea de hacer el amor con Dominic esa noche de repente ya no le parecía tan emocionante. Si las cosas fueran mejor entre ellos, si la breve conexión no hubiera vuelto a desaparecer, al menos podría disfrutar de su compañía. Pero lo único que quería hacer en aquel momento era alejarse todo lo posible.

–Maldita sea, se marcha con el anfitrión –dijo él entonces–. Paul seguramente lo lleva al garaje para mostrarle su última adquisición.

–Pues ve con ellos. No me importa quedarme sola –en realidad, Cassandra preferiría estar sola en ese momento–. Vamos, ve.

Y Dominic se alejó.

La tensión del mundo de los negocios siempre lo había entusiasmado, pero esta vez no había entusiasmo alguno. Que un cliente pudiera hacerle daño a la empresa Roth no le gustaba nada. Y le gustaba menos tener que aplacar a un cliente.

No sería el final de la cadena de grandes almacenes, pero sería un problema que Bannon Dale no renovase su contrato porque eso podía significar que empleados de la empresa, desde dependientes a administrativos o conductores, perdieran su puesto de trabajo.

No creía que pudiera pasar, pero su trabajo consistía en controlar posibles daños. Bannon tenía que saber que su padre no iba a retirarse por el momento y que los hoteles Bannon seguirían recibiendo el mejor trato posible por su parte.

Y después debían decidir una estrategia para cuando su padre se retirase de verdad. Las cosas cambiarían cuando él fuera el presidente del consejo de administración, aunque seguiría trabajando con la filosofía de integridad y trato justo que era el lema de la empresa Roth's.

—Buenas noches, Bannon —lo saludó.

—Ah, Dominic. No esperaba verte aquí esta noche —dijo él—. ¿Cómo está tu padre?

—Bien, estupendamente. Deseando volver a la oficina el lunes.

—Oye, siento mucho lo de Liam.

—Gracias —murmuró Dominic—. En realidad, me gustaría hablar contigo en privado. Si nos perdonas un momento, Paul…

—Sí, claro.

—Volveremos enseguida.

—Podéis usar mi estudio, al fondo del pasillo. Te espero en el garaje, Bannon.

Quince minutos después, Dominic se sentía más tranquilo. Bannon había oído el falso rumor sobre la jubilación de Michael Roth y agradecía saber que no era cierto. Incluso le dijo que sospechaba quién podía haberlo lanzado, de modo que no era tonto.

Estaba a punto de salir del estudio cuando sonó su móvil. Era su madre.

—Hola, mamá.

—Nesta me ha dicho que estabas en una fiesta y no esperaba que contestases, pero me alegro mucho de hablar contigo, hijo.

Dominic arrugó el ceño.

—¿Hay algún problema?

—Es que se me había olvidado que hoy es el cumpleaños de Cassandra. Debería haberme acordado, pero este año ha sido tan difícil para todos…

¿El cumpleaños de Cassandra?

Demonios.

–Gracias por decírmelo, mamá.

–¿Te importa felicitarla de mi parte?

–Lo haré, no te preocupes.

–Gracias, cariño.

Dominic cortó la comunicación y guardó el móvil en el bolsillo, pensativo. Ahora entendía que pareciese tan nerviosa mientras se arreglaba. Seguramente había pensado que iba a darle una sorpresa… y por eso cuando le dijo dónde iban se mostró tan seria.

Un minuto después la vio al fondo del salón. Estaba sonriendo, tan guapa como siempre. Pero entonces vio a la pareja que estaba a su lado. No reconocía a la mujer, pero sí al hombre: Keith Samuels. Su ex amante.

La imagen de Keith y Cassandra en la cama hizo que tuviese que apretar los dientes y se dirigió hacia ellos, furioso. No le gustaba nada cómo la miraba Keith.

–Siento no haber podido ir al funeral de Liam –estaba diciendo el canalla–. Tany y yo estábamos de luna de miel en ese momento. Acababa de recibir los papeles del divorcio la semana anterior y ya habíamos pagado el crucero…

–Cassandra, estaba buscándote –lo interrumpió Dominic, conteniéndose para no agarrarlo del cuello.

Los dos se volvieron entonces y los dos parecían incómodos.

O culpables.

—Hola, Dominic —murmuró Keith, poniéndose pálido—. No sabía que estuvieras aquí.

—Evidentemente —dijo él, tomando a Cassandra del brazo—. Perdonadnos un momento, pero tengo que hablar con mi esposa —añadió, poniendo énfasis en la última palabra.

Cuando llegaron al jardín, ella se volvió para mirarlo.

—Dominic…

—No quiero que digas nada —la interrumpió él—. Siento mucho haber interrumpido tan agradable charla con tu amante.

—No seas ridículo. No había nada que interrumpir.

—Eso díselo a alguien que te crea.

—Lo dices como si nos hubiéramos encontrado a propósito, pero yo no sabía que íbamos a venir a esta fiesta —protestó Cassandra.

—No, pero has aprovechado la oportunidad en cuanto me he dado la vuelta.

—Su mujer y él se acercaron a mí, de no ser así no hubiera hablado con Keith. Me desagrada profundamente.

—¿Estás diciendo que ya no tienes una aventura con él?

—Nunca ha habido ninguna aventura.

—Liam no me mentiría sobre algo así.

—¿Y yo sí?

—Según mi hermano, sí.

Cassandra dejó escapar un suspiro de desolación.

–Cree lo que te dé la gana, está claro que yo no voy a poder evitarlo.

Dominic se preguntó si estaba buscando simpatía. En cualquier caso, no iba a funcionar. Liam le había contado lo de la aventura con Keith cuando estaba en su lecho de muerte. No tenía razones para mentir.

–Ni siquiera me has dicho que hoy fuera tu cumpleaños. ¿Por qué iba a creer que dices la verdad?

–¿Sabes que es mi cumpleaños?

Él asintió con la cabeza.

–Mi madre acaba de llamar para decírmelo. Quería que te pidiera disculpas por no haberte llamado.

–¿Ah, sí?

–Pareces sorprendida, pero es normal que quiera felicitarte.

–¿A pesar de odiarme a muerte?

–¿Por qué no me has dicho que era tu cumpleaños?

Cassandra se encogió de hombros.

–No tiene tanta importancia.

–Estabas intentando hacer que me sintiera mal.

–¿Cómo ibas a sentirte mal si no lo sabías? Además, no es importante, ya te lo he dicho.

–No tan importante como tu aventura con Keith, supongo –dijo él entonces–. Pero la aventura ha terminado, Cassandra. Para siempre. Si me entero de que vuelves a ver a Keith pediré la custodia de Nicole…

–¡No digas eso! ¡No tienes ningún derecho a decir eso!

–Hablo en serio.

–Lo sé –murmuró ella, con expresión vencida–. ¿Podemos irnos a casa, por favor? Estoy cansada.

Dominic se habría compadecido de cualquier otra persona, pero con Cassandra no podía sentir nada. Aunque quisiera.

–Vamos –dijo bruscamente, tomándola del brazo.

También él estaba harto de estar allí.

La quería tan lejos de Keith Samuels como fuera posible, pero amenazar a una mujer con quitarle la custodia de su hija el día de su cumpleaños lo hacía sentir como un canalla.

Capítulo Ocho

Al día siguiente era viernes y Cassandra estaba deseando ir a la residencia. Quería hablar con Jane para organizar un programa de visitas y tenía que hacerlo lo antes posible para no tener que recurrir a la mentira del dentista. Temía que Dominic sospechase que iba a verse con Keith porque si era así podría ponerle un detective.

¿Por qué la vida era tan complicada?, se preguntó. Pero era una pregunta que no podía contestar.

Tenía miedo de que Dominic le quitase a su hija y ver a Keith en la fiesta la noche anterior era un recordatorio de todo lo que podría perder. Keith, que no parecía en absoluto arrepentido por haber mentido sobre su supuesta aventura, le había presentado a su nueva mujer como si fueran amigos...

Al menos eso explicaba que no hubiera ido al funeral de Liam. Entonces le había extrañado su ausencia, aunque se alegró de no verlo.

Era horrible. Ella no tenía por qué sentirse culpable ya que no había tenido una aventura con Keith. Pero Dominic no la creía.

Y había amenazado con quitarle la custodia de Nicole.

Keith la había besado contra su voluntad ese día... y a saber lo que habría pasado si Liam no hubiese llegado a casa en ese momento. Por supuesto, Keith le había dado la vuelta a la situación, no sólo para parecer inocente sino para vengarse de ella por haberlo rechazado tantas veces.

Seguía siendo su palabra contra la de ella y, al recordar el brillo burlón en sus ojos la noche anterior, no tenía la menor duda de que sería capaz de mentir incluso bajo juramento.

Estaba pensando en ello cuando Nesta entró para decirle que Laura Roth acababa de llegar. Cassandra hizo una mueca. No había visto a su suegra desde la semana anterior y no le apetecía verla, pero no iba a poder evitarlo.

Intentando calmarse, bajó al salón para reunirse con ella. Y, tan educada como siempre, Laura estrechó su mano.

—Nesta me ha dicho que estabas a punto de salir. Perdona si te molesto.

—Tengo una cita esta mañana, sí.

—No voy a quedarme mucho rato —Laura carraspeó, evidentemente incómoda—. ¿Nicole está durmiendo?

—Sí. ¿Quieres subir a verla?

—No, será mejor que no lo haga. No quiero despertarla —contestó su suegra sacando una caja del bolso—. En realidad, sólo quería darte esto. Es un regalo de cumpleaños.

Cassandra sabía que su suegra no lo hacía de corazón; sólo había ido porque le parecía correcto.

–No tenías por qué haberte molestado.

–Sí tenía que hacerlo. Y debo disculparme por no haberme acordado ayer.

En realidad, Cassandra desearía que no se hubiera acordado en absoluto. Podía parecer desagradecida, pero prefería no recibir un regalo hecho sólo por cumplir.

Dentro de la caja había un pañuelo de seda de color lavanda firmado por una famosa casa parisina.

–Es precioso, gracias.

–De nada –murmuró Laura.

Las cosas nunca serían igual entre ellas y tenía que aceptarlo. Pero no quería que nada de aquello afectase a Nicole.

Claro que todo lo que la afectase a ella afectaría a Nicole, pensó entonces. Y le debía a su hija no rendirse tan fácilmente. Laura y ella se llevaban bien cuando se casó con Liam y tal vez debería intentar hacer las paces. Las navidades eran el momento perfecto para eso, ¿no?

–Tengo intención de poner el árbol de Navidad el domingo y seguro que a Dominic le gustaría que Michael y tú estuvierais aquí. Y Adam también.

Laura la miró, sorprendida.

–No había pensado en la Navidad.

–Sólo faltan ocho días. ¿Por qué no venís a cenar el domingo?

–Pues… no sé…

–Yo creo que sería bueno para Nicole ver a sus abuelos, ¿no te parece?

–Sí, tienes razón. Nicole nos necesita.

Ésa no era la respuesta que Cassandra esperaba, pero hizo un esfuerzo para sonreír.

–Muy bien, entonces os espero aquí el domingo. A menos que Dominic tenga otros planes, pero no lo creo.

Media hora después, el chófer de Dominic la dejaba de nuevo en el centro comercial. Tras la amenaza de Dominic la noche anterior se sentía más angustiada que nunca y miró alrededor para comprobar que nadie la seguía. Incluso entró en la consulta del dentista y pidió cita para una revisión antes de tomar el taxi que la llevó a la residencia.

Su padre estaba animado ese día y Jane Clyde le confirmó que podía empezar a trabajar el martes siguiente, a tiempo para la fiesta de Navidad, de modo que se sentía un poco más tranquila cuando volvió a casa. Estaba en el salón jugando con Nicole cuando sonó su móvil. Era Penny.

–¿Cómo estáis? ¿Se os ha pasado el virus?

–Estamos mucho mejor –contestó Penny–. Cass, necesito que me hagas un favor.

Cassandra se puso alerta. Su hermana era muy independiente y rara vez le pedía ayuda, de modo que aquello debía ser importante.

–¿Qué ocurre?

–Es Dave. Perdió su trabajo hace seis meses.

–¿Y por qué no me lo habías contado?

–Tenías tantas cosas entonces que no podía hacerlo. Pero Dave no encuentra trabajo y tenemos que pagar la hipoteca. Si no pagamos dos mil dólares el lunes podríamos perder la casa.

–Oh, Penny…

–¿Podrías dejarme ese dinero? Te lo devolveré, te lo prometo. Dave tiene una entrevista de trabajo la semana que viene y dice que hay muchas posibilidades. Pero aunque consiguiera el trabajo no podemos esperar un mes para hacer los pagos.

A Cassandra se le encogió el corazón. La ayudaría de inmediato si pudiera, pero aquél era el peor momento.

–No tengo dos mil dólares ahora mismo, pero creo que el lunes recibiré el dinero que me dejó Liam. Y en cuanto lo reciba te enviaré una transferencia –mintió, intentando pensar a toda velocidad. Conseguiría el dinero como fuera, aunque tuviera que pedírselo a Dominic.

–Te lo agradecería muchísimo –dijo Penny, aliviada–. ¿Pero y si no puedes hacer la transferencia el lunes? Podría perder mi casa.

–Si no pudiera hacerla yo se lo pediría a Dominic, no te preocupes.

–¿De verdad? Gracias, Cass. No sabes cómo te lo agradezco.

–De nada.

–¿Todo bien con Dominic entonces? –le preguntó su hermana–. Cuando me enteré de que te habías casado con él me llevé una sorpresa.

–Lo he hecho por Nicole. Liam quería que siguiera siendo una Roth y Dominic y yo decidimos cumplir ese deseo.

–Pues tienes suerte de que sea tan guapo.

Cassandra pensó en lo guapo que era Dominic y

en lo intenso que había sido por la noche. Sabía que estaba intentando borrar el recuerdo de Keith, pero aun así había sido… excitante. Aunque emocionalmente estaban a miles de kilómetros de distancia.

—Sí, la verdad es que no está mal —intentó bromear—. Bueno, dame el número de tu cuenta. Tendrás el dinero el lunes, te lo prometo.

—Gracias, Cass.

—Me alegro de poder ayudarte.

¿Por qué no había recibido el dinero de Liam todavía?, se preguntó, angustiada. De ser así no tendría que contarle nada a Dominic.

Pero tal vez era lo mejor, pensó entonces. Le contaría el problema de su hermana y, con un poco de suerte, Dominic intentaría acelerar el pago. Y no sabría nada sobre el dinero que tenía que pagar en la residencia.

Su marido pensaba que era una buscavidas, de modo que pidiéndole el dinero para Penny, y acelerando así el ingreso del medio millón de dólares, estaría matando dos pájaros de un tiro.

Esa noche, Nesta puso velas en la mesa y una botella de champán en un cubo de hielo para celebrar su cumpleaños.

Aunque a Cassandra no le apetecía nada tomar champán. Estaba nerviosa y sabía que si no hablaba con Dominic probablemente acabaría enferma de los nervios.

—Muchas gracias, qué detalle —consiguió decir.

–No ha sido nada, señora Roth. Usted se lo merece.

–¿Quieres brindar con nosotros, Nesta? –le preguntó Dominic mientras descorchaba la botella.

–Bueno, pero sólo un poquito –respondió el ama de llaves.

–Feliz cumpleaños, Cassandra –brindó Dominic después de servir tres copas.

Cuando sus ojos se encontraron, el corazón de Cassandra dio un vuelco. Tal vez no era tan distante como había creído.

–Feliz cumpleaños, señora Roth –dijo Nesta.

–Gracias a los dos.

–Bueno, yo me voy a la cocina. No quiero que se me queme el cordero.

–¿Quién te ha dicho que me gustaba el cordero?

–Usted me lo dijo el otro día, señora Roth.

–Ah, sí, ahora me acuerdo.

Cuando Nesta se marchó a la cocina, Cassandra sonrió para sí misma. El ama de llaves también se negaba a llamarla por su nombre de pila.

–¿Cuál es el secreto? –preguntó Dominic.

–¿A qué te refieres?

–¿Por qué sonríes?

–Porque todo el mundo me llama señora Roth en lugar de Cassandra.

–¿Quién es todo el mundo?

–Nesta, la gente en la consulta del dentista…

–¿No es tu dentista desde que eras pequeña?

–Sí, claro –Cassandra se aclaró la garganta–. Pero en cuanto me casé todo el mundo empezó a llamarme señora Roth. Ah, por cierto, he hablado con la directora de la residencia y me ha dicho que puedo empezar el martes.

–¿Tan pronto?

–Sí, en navidades siempre hay más trabajo y están encantados de que pueda echar una mano.

–Y pareces contenta –dijo Dominic.

–Lo estoy, sí.

–Entonces me alegro por ti.

El comentario la sorprendió y la consoló al mismo tiempo. Liam no había querido que trabajase, sólo quería que estuviera en casa, dispuesta a ser la anfitriona perfecta o la esposa perfecta. Le daba igual que se aburriera y al principio ella aceptó por complacerlo, hasta que supo qué clase de persona era en realidad.

Y luego se puso enfermo.

–Por cierto, tu madre ha pasado por aquí esta mañana. Me ha traído un regalo de cumpleaños.

–Ah, un bonito detalle.

–Los he invitado a cenar el domingo, espero que no te importe. He pensado que podríamos poner el árbol de Navidad.

Dominic la miró, sorprendido.

–¿Los has invitado a cenar?

–Es por Nicole. Creo que es importante que la niña esté con sus abuelos.

Él asintió con la cabeza, aparentemente complacido.

–Estoy de acuerdo. Por cierto, tenemos el árbol de Navidad del año pasado por algún sitio. Pregúntale a Nesta.

–Ya me lo ha dicho, pero yo prefiero un árbol de verdad –Cassandra se aclaró la garganta. Era el momento de hablarle del dinero, pero no quería estropear su cena de cumpleaños y le pareció una eternidad hasta que por fin terminaron el postre.

–La cocina ya está recogida –dijo Nesta mientras les servía el café–. Voy a meter los platos en el lavavajillas y me marcho. A menos que me necesiten para algo, claro.

–No, en absoluto. Buenas noches, Nesta. Y gracias por todo –dijo Cassandra.

Dominic sonrió.

–¿Crees que intentaba decirnos que por fin estamos solos?

También ella se alegraba de que estuvieran solos, pero por una razón diferente. Y no podía esperar más.

–Dominic… ¿recuerdas que te hablé de mi hermana?

–Sí, claro –dijo él.

–Pues tiene un problema terrible. Su marido se quedó sin trabajo hace seis meses y tiene que pagar la hipoteca de su casa. Necesito que me prestes dos mil dólares para enviarle una transferencia inmediatamente.

–Ah, me preguntaba cuándo empezarías a pedirme dinero.

–No es para mí, es para mi hermana, ya te lo he dicho.

–Sí, claro –replicó él, burlón–. Por eso quieres que te lo dé a ti en lugar de enviarle a ella una transferencia directamente.

–Pero…

–No sé para qué lo quieres, Cassandra, pero tendrás que esperar hasta que recibas el dinero de Liam.

–Por favor, tienes que creerme. Penny necesita ese dinero.

–¿Por qué tengo que creerte? ¿Por qué voy a creer a una mujer que le ha sido infiel a su marido y que es una buscavidas? ¿Una mujer que miente?

–¡Yo no miento! –exclamó Cassandra–. Además, Nicole y yo tenemos derecho a nuestra herencia.

–No lo he olvidado. Sé que te casaste conmigo por eso.

–Me casé contigo a causa del dinero, Dominic. No *por* el dinero.

–¿Hay alguna diferencia?

–¡Por supuesto que sí!

–Los abogados están en ello, no te preocupes –dijo él entonces, levantándose–. Recibirás el dinero cuando te corresponda.

Poco después, Cassandra oyó que se abría la puerta del garaje y suspiró, más angustiada que nunca. Pero lo que la angustiaba en aquel momento era la verdad que acababa de golpearle en la cara.

Estaba enamorada de su marido.

Y Dominic la odiaba.

Debería haber imaginado que le pediría dinero, pensaba Dominic mientras pisaba el acelerador del Porsche.

Había pensado que empezaba a entender a Cassandra. Entendía que se había sentido muy vulnerable de niña y eso la hacía desear seguridad. Tal vez tenía razones para ser una buscavidas, pero había cosas que no podía aceptar.

Y era decepcionante porque ahora sabía que Cassandra era algo más que una cara bonita. No era una persona superficial como había creído en un principio, al contrario. Claro que eso no significaba que fuera una persona íntegra.

Incluso había llegado a admirar que hubiera sobrevivido a pesar de los obstáculos que la vida le había puesto en el camino. Lo que no entendía era por qué le mentía. Y, sobre todo, por qué pretendía que la creyese sincera.

Ya tenía una alianza en el dedo, seguía siendo una Roth. ¿Qué más podía querer, que capitulase, que le declarase su amor?

¿Necesitaba que todos los hombres se enamorasen de ella y mejor aún si se trataba de un marido rico?

Podía creer que sabía manipular a un hombre, pero a él no lo manipulaba nadie. Ni siquiera la madre de su hija.

Cassandra miró alrededor, sin saber qué hacer.

Amaba a Dominic, pero tenía que fingir que no sentía nada porque él no la creería nunca.

¿Podían las cosas empeorar aún más? Dominic usaría ese amor contra ella si lo supiera. Los hombres de la familia Roth eran los mejores utilizando y manipulando a los demás. Liam no había tenido el menor problema para hacerlo, pero no quería que le pasara con Dominic.

Y entonces hizo un pacto consigo misma: mantendría en secreto el amor que sentía por él porque sabía que Dominic no podía amarla. Ni siquiera cuando el abogado destruyese la carta y «la verdad» de Liam desapareciera para siempre.

Esa carta podía hacer que perdiese a su hija. No había nada que demostrase que no se había casado por dinero y siempre sería la palabra de Liam contra la suya.

¿Pero cómo iba a seguir viviendo con Dominic sin decirle que Liam le había pagado para que tuviese un hijo con él? Porque ésa era la verdad. Liam le había prometido medio millón de dólares, pero había sido él quien la chantajeó porque sabía que necesitaba el dinero para pagar la residencia de su padre.

Angustiada, decidió darse un baño. No sabía cómo solucionar el problema, pero tal vez si se relajaba un poco se le ocurriría alguna idea. En aquel estado de nervios era incapaz de pensar.

Unos minutos después, con la bañera llena de espuma, cerró los ojos e intentó calmarse. Pero era imposible relajarse cuando el miedo y el amor se mezclaban, cuando sabía que necesitaba dinero para ayudar a su hermana.

Qué ironía que una persona que supuestamente se había casado por dinero se encontrase en aquella situación, pensó entonces. Lo único de valor que tenía era un collar de diamantes que Liam le había regalado, pero estaba en posesión de los abogados, que iban a tasarlo por una cuestión legal. Pero jamás lo vendería. Era para Nicole, un recuerdo de su padre...

Cassandra abrió los ojos entonces. Sí tenía algo de valor y ni se lo habían llevado los abogados ni era parte del testamento de Liam: un broche de diamantes que había sido de su bisabuela.

Había jurado no venderlo nunca, pero su hermana necesitaba el dinero desesperadamente.

No, no podía venderlo, era lo único que le quedaba de su verdadera familia. Cuando lo tasó unos años antes le dijeron que valía más de diez mil dólares, pero aun así...

No iba a venderlo, pero sí podría empeñarlo. Así tendría dinero suficiente para ayudar a Penny y pagar algunas de las mensualidades que debía en la residencia. Luego, cuando recibiese el dinero de Liam, lo rescataría. No sabía muy bien cómo se hacía eso, pero estaba segura de que en las tiendas de empeños conservaban las joyas durante cierto tiempo.

¿Estaba lo bastante desesperada como para hacerlo?, se preguntó. Aunque tal vez la pregunta debería ser si estaba lo bastante desesperada como para *no* hacerlo.

En ese preciso instante se abrió la puerta y Dominic entró en el baño.

—Qué susto me has dado. No te había oído llegar.

Él la miró con expresión hostil.

—No querías a Liam cuando te casaste con él, ¿verdad?

—¿Qué?

–Si hubieras querido a mi hermano habrías insistido en decorar vuestra casa, en poner allí tu sello. Eso es lo que hacen todas las mujeres.

Cassandra dejó escapar un suspiro.

–¿Qué quieres que diga, que no amaba a Liam cuando me casé con él?

–Sí.

–¿Por qué? ¿Por qué es tan importante para ti?

–No quiero olvidar qué clase de persona eres.

–Muchas gracias –murmuró Cassandra. La situación era imposible. Dominic jamás creería nada bueno de ella, pensó, desolada–. ¿Y Nicole? Prometiste reservar esa hostilidad para ti mismo.

–Y lo haré. Tú no eres la única que puede fingir.

No era justo que la creyera una farsante, pero sería aún peor que hiciese preguntas que ella no podría contestar.

–Estás muy guapa –dijo con voz ronca mirando sus pechos, que asomaban por encima de la espuma.

A pesar del antagonismo que vibraba en el aire, el pulso de Cassandra se aceleró.

–Estaba intentando relajarme.

–Ya.

Dominic empezó a desabrochar su camisa.

–¿Qué haces?

–Voy a meterme en el baño contigo. Yo también necesito relajarme.

Cassandra tembló mientras lo veía desnudarse. Y cuando se colocó, erecto, frente a la bañera tuvo que tragar saliva.

–Hazme sitio.

Podría haberse negado, pero la verdad era que no quería hacerlo.

Un segundo después Dominic la abrazaba, su erección rozando la espalda de Cassandra. Sus ojos se encontraron en el espejo de la pared.

–Yo… –no sabía qué decir, pero tenía que decir algo.

–No digas nada –murmuró él, acariciando sus pechos–. Si esto es todo lo que hay entre nosotros, pienso aprovecharlo.

Cassandra deseó tener fuerzas para salir de la bañera, pero Dominic había empezado a apretar suavemente sus pezones y no podía hacer nada. Lo deseaba, deseaba al hombre del que estaba enamorada.

–Dominic…

–Calla.

Sostenía su mirada en el espejo como sostenía sus pechos, de manera posesiva. Sin poder evitarlo, Cassandra echó la cabeza hacia atrás y vio que sonreía, satisfecho, mientras deslizaba las manos por su vientre como un hombre con una misión; la misión de destrozar todas sus defensas. Evidentemente, lo quería todo y estaba dispuesto a conseguirlo.

Sus dedos encontraron el objetivo y Cassandra intentó no capitular demasiado pronto. Pero ver cómo se oscurecían sus ojos mientras la acariciaba bajo el agua era tan erótico que, al final, sucumbió.

Dominic se había hecho dueño de sus sentidos y se alegraba de que no supiera que lo amaba. Estaba haciéndola pagar por haberle pedido dinero, pero no le importaba.

Después del segundo orgasmo provocado por sus dedos, Dominic la ayudó a salir de la bañera y la secó con una toalla antes de llevarla en brazos a la habitación. Una vez allí la dejó sobre la cama y sacó un preservativo de la mesilla antes de hacerla suya de nuevo.

Y cuando terminaron la besó ardientemente.

–Ahora dime que esto es por el dinero –le espetó antes de ir al cuarto de baño y cerrar la puerta.

Capítulo Nueve

Cassandra no podía creer su buena suerte, si podía llamarlo así, cuando encontró una nota de Dominic por la mañana diciendo que se había ido a la oficina. Era sábado, de modo que no había esperado que fuese a trabajar, pero en realidad no era una sorpresa. No había vuelto a la cama esa noche y se preguntaba si sería así a partir de aquel momento. ¿Era su relación un recuerdo del pasado?

Todo por el dinero.

Afortunadamente Nesta estaba ya en casa, de modo que podía quedarse con Nicole mientras ella iba buscar una tienda de empeños.

Desgraciadamente, Dominic se había llevado el Porsche y la única alternativa era tomar un taxi. No podía arriesgarse a ir con el chófer y esperaba que Nesta no lo mencionase cuando Dominic volviera de la oficina. En cualquier caso, si le preguntaba diría que no había querido molestarlo para ir de compras.

Media hora después, un prestamista tasaba el broche de diamantes mirándola con expresión suspicaz. Y Cassandra temió que supiese quién era.

—¿Cuánto quiere pedir prestado?

–Vale al menos diez mil dólares –dijo ella– y eso es lo que quiero, diez mil dólares.

–No, lo siento. No tengo tanto dinero en la tienda –el hombre sonrió, mostrando un diente de oro–. Hay que tener cuidado hoy en día.

–Sí, claro, pero es el dinero que necesito. Quiero comprarle a mi marido algo especial por Navidad.

–Yo puedo darle cinco mil dólares ahora mismo o puede intentarlo en otro sitio.

No iba a recorrer todas las tiendas de empeño de la ciudad para ver quién le ofrecía más dinero. Además, tenía que ser discreta e ir de tienda en tienda podría dar que hablar.

De modo que tragó saliva, incómoda.

–Muy bien, acepto los cinco mil dólares.

Podría enviarle a Penny una transferencia de dos mil y pagar en la residencia los tres mil restantes.

–¿Tiene algún documento que la identifique?

Cassandra le dio su permiso de conducir, nerviosa.

–Pero promete guardar el broche hasta que le devuelva el dinero, ¿verdad?

–Mientras sea durante el plazo establecido…

–Así será.

Ella haría lo imposible para que así fuera.

Dominic estaba frente a la ventana de su despacho, mirando las calles de Melbourne, pensativo. Había trabajado sin descanso desde que llegó a primera hora, intentando no pensar en su matrimonio.

Lo hacía muchas veces cuando estaba estresado,

pero aquel día no servía de nada. Claro que nunca antes había estado casado con Cassandra. ¿Y qué clase de matrimonio era el suyo? ¿Qué había de bueno en una esposa en la que no podía confiar y una hija que no podía reclamar como suya?

Entonces sonó el teléfono. Era su secretaria para decirle que tenía una llamada de un hombre que quería hablar sobre la señora Roth.

–¿Quién es?

–Me ha dicho que no lo conoce.

–Muy bien, pásame la llamada –dijo él, tenso.

–¿Dominic Roth?

–Sí, soy yo.

El hombre se presentó como propietario de una tienda de empeños.

–Sólo quería decirle que la señora Roth se ha dejado el permiso de conducir en mi tienda. Pero no sabía cómo ponerme en contacto con ella y he pensado que lo mejor sería llamar por teléfono a su oficina.

–No le entiendo. ¿Mi esposa ha ido a una tienda de empeños?

–Necesitaba un préstamo a cambio de un broche antiguo.

Dominic apretó los dientes.

–¿Cuál es su dirección? –murmuró, tomando un bolígrafo–. Voy a buscarlo ahora mismo.

Media hora después, recogía el permiso de conducir de Cassandra.

–Me llevo el broche también.

–No, me temo que eso es imposible.

–Le pagaré el dinero que le haya dado a mi esposa y mil dólares más por los inconvenientes. ¿Qué le parece?

–Me temo que no puede ser, señor Roth. Tengo un contrato con su esposa y tiene que venir ella personalmente. Podría perder mi licencia si se lo diera a usted.

Dominic sonrió.

–Me alegra saber que es una persona íntegra –dijo, irónico–. Muy bien, quédese con el broche. Volveré con mi mujer en cuanto sea posible.

–No se preocupe por el broche, señor Roth. No saldrá de aquí.

Dominic salió de la tienda con un nudo en el estómago. ¿Para qué querría Cassandra cinco mil dólares? No, diez mil le había dicho el hombre que pedía.

Y esperaba que fuese algo realmente importante.

Cassandra volvió a casa por fin después de ir al banco para transferirle el dinero a Penny e ingresar los otros tres mil dólares en su cuenta corriente. Y cuando Nesta le preguntó qué había comprado tuvo que inventar una excusa a toda prisa: no se encontraba bien y al final no había comprado nada.

No sabía si sonaba creíble, pero no se le había ocurrido nada más original.

Agotada del estrés, se retiró a su habitación y estaba quitándose los zapatos cuando Dominic entró.

Y tiró su permiso de conducir sobre la cama.

–Creo que eso es tuyo –le dijo.

Ella lo miró, perpleja.

–No lo entiendo. ¿De dónde lo has sacado?

–Te lo dejaste en la tienda de empeños. El propietario me llamó a la oficina para que fuese a buscarlo.

–Oh, no…

Había olvidado el permiso de conducir.

–¿Para qué quieres el dinero Cassandra? ¿No tienes todo lo que te hace falta?

–Te dije ayer que mi hermana necesitaba dos mil dólares.

–¿Tienes una adicción al juego o algo así?

–¡No! Yo no he jugado en toda mi vida.

–Pero estás jugando con nuestro matrimonio y con el futuro de Nicole.

Cassandra hizo una mueca.

–¿Por qué dices eso? ¿Quieres el divorcio?

–No, pero si vamos a seguir casados no quiero tener que vigilarte, quiero poder confiar en mi mujer.

Ella dejó escapar un largo suspiro.

–Puedes confiar en mí, te lo aseguro.

–¿De verdad? ¿Por qué has empeñado el broche?

–Para enviarle dinero a mi hermana, ya te lo he dicho.

–No empieces con eso otra vez.

–Es la verdad. Penny necesita el dinero para pagar la hipoteca de su casa. Dave ha perdido su trabajo y no tienen dinero para pagarla, así que necesitaba dos mil dólares…

–¿Y por qué has pedido diez mil?

–Porque eso es lo que vale el broche. Además, podría necesitar el dinero.

–Ahora eres mi mujer, carga a mi cuenta todo lo que

necesites. O dame el número de tu cuenta para que ingrese dinero.

Cassandra no quería darle el número de su cuenta corriente por miedo a que investigase las transacciones previas. Que fuese algo privado no evitaría que Dominic investigase, estaba segura.

—No tienes que ingresar dinero en mi cuenta. Cuando por fin llegue el dinero de Liam no tendré ningún problema.

—Pero eres mi mujer.

Cassandra pensó entonces abrir una nueva cuenta corriente y rezar para que Dominic no investigase si tenía otras.

—Muy bien, de acuerdo.

—¿A qué se dedica tu cuñado?

—Conduce una grúa.

—Muy bien, yo me encargaré de que consiga un puesto de trabajo.

—¿En serio?

—Ahora es de la familia, lo lógico es echarle una mano.

—Gracias, Dominic. No sabes cuánto te lo agradezco.

—No tienes que darme las gracias. Dame el número de cuenta de tu hermana y le haré una transferencia ahora mismo.

—Ya lo he hecho yo esta mañana.

—Dame el número de cuenta de todas formas. Le enviaré más dinero para que pueda pagar la hipoteca el mes que viene.

—No hace falta que lo hagas, en serio.

—Quiero hacerlo.

—Muy bien, pero te lo devolveré en cuanto reciba lo que me corresponde de la herencia de Liam.

—No hace falta que me devuelvas nada, es un regalo. Pero tenemos que recuperar tu broche. Imagino que es una herencia familiar.

—Sí, así es. Me dolió mucho llevarlo a la tienda de empeños, pero tenía que ayudar a mi hermana.

Él asintió con la cabeza.

—Perdona que no te haya creído.

—¿Me crees ahora?

—Sí.

—Gracias.

—Venga, vamos a la tienda. Nesta puede quedarse con Nicole –Dominic hizo una pausa entonces–. Eres una buena hermana –dijo luego, bruscamente.

Cassandra sonrió, pero no podía dejar de preguntarse cuánto duraría su admiración si descubriera que Liam le había pagado para que tuviese un hijo.

Después de comer, Nesta le preguntó si podía tener el resto del fin de semana libre. Su hija no se encontraba bien y tenía que cuidar de su nieta. Cassandra, por supuesto, le dijo que se fuera de inmediato.

—¿Pero y la cena de mañana? ¿Y el árbol de Navidad? Puede que no vuelva hasta tarde…

—Cuando traigan el árbol les diré que lo pongan en el salón. Y yo sé cocinar, no te preocupes.

—¿Sabe cocinar?

Cassandra tuvo que disimular una sonrisa al ver su cara de sorpresa.

–Pues claro. Hace siglos que no lo hago, pero será divertido.

De hecho, la idea de cocinar para sus suegros le parecía emocionante, pero Dominic no parecía tan entusiasmado.

–No hay necesidad de que lo hagas. Podemos contratar una empresa de catering.

–Pero es que a mí me gusta cocinar –protestó Cassandra, que ya había pensado en un menú de verduras a la parrilla y salmón.

–¿En serio?

–Claro. Aprendí a cocinar cuando era pequeña.

–Muy bien, pero si Nesta no vuelve mañana llamaremos a una agencia de empleo temporal.

–¿Por qué? –exclamo Cassandra, alarmada–. ¿Piensas despedirla?

–No, no voy a despedirla. ¿Por qué iba a despedir a Nesta?

–No lo sé. La verdad es que nunca sé lo que estás pensando.

–¿Y eso lo dices tú, la persona más contradictoria que conozco?

–Espero que sea un cumplido.

–Pues sí, lo es –Dominic sonrió mientras apretaba su mano.

En ese momento sonó el temporizador del horno y Cassandra se levantó de un salto.

–Es la tarta de melocotón.

Esperaba que Dominic la sentase sobre sus rodillas para besarla, para decirle que volviera pronto, pero no lo hizo.

Y cuando sonó su móvil se levantó para contestar.

—¿Te importa llevarme el postre al estudio? Ésta es una llamada importante.

Cassandra entró en la cocina y, después de sacar la tarta del horno, se quedó un momento pensativa. Dominic había acariciado su mano para después apartarse. ¿Por qué? Primero la acariciaba, mirándola con los ojos llenos de pasión, y un minuto después se apartaba como si no le importase en absoluto.

Y eso le dolía.

Cuando llevó un pedazo de tarta al estudio Dominic estaba hablando por teléfono y le hizo un gesto para que entrase, pero ella se limitó a dejar el plato sobre el escritorio antes de subir al segundo piso para ver si Nicole seguía durmiendo.

Después de eso no sabía que hacer. Era sábado y su marido estaba trabajando, su hija durmiendo y ella estaba sola. Podría ver una película, pero no le apetecía.

Entonces recordó su novela. Debería haberla terminado ya, pero habían pasado tantas cosas en una semana…

Decidió leer un rato en el porche y, una hora después, al levantar la mirada vio a Dominic en la puerta.

—¿Ya has terminado de hacer tus llamadas?

—Sí —respondió él.

—¿Me querías para algo en particular?

—No, es que no sabía dónde estabas.

—¿Creías que me había marchado?

—No, pero… estaba preocupado por ti.

—¿En serio? —preguntó ella, sorprendida.

—Sólo quería comprobar que estabas bien.

–Gracias –murmuró Cassandra. Estaba siendo protector, como siempre. No podía evitarlo, estaba en su naturaleza.

–Bueno, te dejo con tu novela. Si me necesitas estaré en el gimnasio.

El pulso de Cassandra se aceleró. Sí lo necesitaba, pero no sabía cómo decírselo porque la haría parecer desesperada o demasiado enamorada de él.

–¿Haces gimnasia a menudo? –le preguntó.

–Un par de veces por semana. Y también juego al tenis con Adam, pero últimamente he estado muy ocupado.

Cassandra dejó escapar un suspiro.

–Lo siento, Dominic.

–¿Qué es lo que sientes?

–Deberías estar con tus amigos un sábado por la noche, no encerrado en casa.

–¿Quieres que salga?

–No, no estoy diciendo eso –Cassandra arrugó la nariz–. Es que… bueno, la verdad es que estás en casa por Nicole y por mí.

–No añoro nada de mi vida anterior.

Y entonces, antes de que ella se diera cuenta, se inclinó para buscar sus labios.

–Tengo que subir a ponerme el chándal –dijo luego.

Cassandra intentó no hacerse ilusiones, pero no podía evitarlo. ¿Estaría empezando a ser importante para él? Dominic había dicho que no echaba de menos nada de su vida anterior.

De modo que tal vez aún había esperanza para ellos.

Capítulo Diez

Un ruido extraño despertó a Cassandra en medio de la noche. Durante un segundo intentó descifrar qué era, pero fue Dominic quien se levantó de la cama.

Y entonces se dio cuenta de que era su móvil.

Cassandra apartó las mantas de golpe, pero Dominic ya había tomado el móvil y estaba mirando la pantalla.

—Aquí dice Residencia Devondale. ¿No es ahí donde…?

—Dios mío —murmuró ella, quitándoselo de la mano. Que la llamasen a esas horas significaba que había ocurrido algo—. ¿Sí?

No se equivocaba: era Jane Clyde para decirle que su padre había desaparecido.

—Llegaré en cuanto pueda.

Cassandra se volvió hacia Dominic. Iba a tener que contarle la verdad, pero en aquel momento le daba igual. Lo único que le importaba era su padre.

—Mi padre ha desaparecido de la residencia.

—¿De la residencia? Pensé que vivía con tu hermana en Sídney.

—Sí, te conté eso, pero… está aquí, en Melbourne, en la residencia en la que voy a trabajar como voluntaria.

–¿Entonces me has mentido?

–Mira, es muy largo de explicar… –Cassandra abrió la puerta del armario para cambiarse de ropa.

–Muy bien, me lo contarás por el camino.

–¿Vienes conmigo?

–Por supuesto. Soy tu marido.

Y era cierto. Además, no estaría enamorada de Dominic si no quisiera ir con ella.

–Tendremos que llevarnos a Nicole.

Quince minutos después estaban en el coche y Cassandra le indicaba la autopista que debía tomar. Afortunadamente, la niña seguía dormida en su silla de seguridad.

–Bueno, ahora cuéntame qué hace tu padre en una residencia –dijo Dominic unos minutos después.

–Joe tuvo una embolia que le afectó al cerebro y, además, sufre demencia senil. Y no saben dónde ha ido… tiene días buenos y días malos y seguramente no sabrá dónde está –Cassandra se llevó una mano al corazón, asustada–. Y cerca de la residencia hay un río.

–No te preocupes, seguro que no le ha pasado nada.

Dominic apartó una mano del volante para apretar la suya y ella tuvo que parpadear para contener las lágrimas.

Todas las luces de la residencia estaban encendidas cuando llegaron y Cassandra dejó escapar una exclamación al ver un coche de policía en la puerta.

Jane Clyde salió a recibirla.

–Lo han encontrado –le dijo, emocionada–. Alguien lo vio paseando por la calle en pijama y tuvo el buen juicio de llamar a la policía.

Cassandra dejó escapar un suspiro de alivio.

—Gracias a Dios.

—¿Cómo ha salido de la residencia? —preguntó Dominic—. Supongo que la puerta estaría cerrada.

—Jane, te presento a mi marido.

—Encantada, señor Roth. Creemos que debió salir cuando uno de los empleados fue a buscar algo a su coche. Seguramente no lo hizo a propósito, vio la puerta abierta y sencillamente salió.

—Espero que a partir de ahora sean más rigurosos con las medidas de seguridad.

—Le aseguro que lo haremos, señor Roth.

—¿Puedo ver a mi padre? —preguntó Cassandra.

—Sí, claro. El médico acaba de examinarlo y dice que está perfectamente.

Su padre estaba en la cama, con una taza de té en la mano, como si no hubiera pasado nada. Y el médico les aseguró que estaba perfectamente antes de salir de la habitación.

—Papá, no deberías haber salido de la residencia de noche. Sabes que no debes hacerlo.

—¿Cassie?

—Sí, soy yo. ¿Estás bien? ¿Te duele algo?

Joe negó con la cabeza.

—¿Por qué debería dolerme algo? ¿Liam ha venido a verme también? ¿Y Nicole?

Cassandra miró por encima de su hombro y vio a Dominic con la niña en brazos.

—No, papá. Él es Dominic, el hermano de Liam.

—Mejor. No me gusta Liam.

—Papá…

–Hola, Joe –lo saludó Dominic–. Nos has dado un buen susto.

–¿Por qué?

–No pasa nada. Ahora estás bien y eso es lo único que importa –se apresuró a decir ella, dándole un beso en la mejilla–. Bueno, te dejamos dormir un rato, ¿eh? Vendré a verte mañana.

Dominic no dijo nada durante el viaje de vuelta, pero Cassandra no tenía la menor duda de que lo haría en cuanto llegasen a casa.

Y así fue.

–Espérame en el salón, voy a llevar a Nicole a su cuarto.

–Muy bien.

Unos minutos después volvía a bajar y fue directamente al bar.

–Toma, bébete esto –le dijo, ofreciéndole una copa de coñac.

Cassandra tomó un sorbo y notó que el licor le quemaba la garganta, pero logró serenarla un poco.

–A tu padre no le gustaba Liam –dijo Dominic, dejándose caer en el sofá.

–Es asombroso que recuerde eso y no otras cosas.

–¿Liam iba a visitarlo?

–Liam estaba enfermo entonces.

–Quiero decir antes de ponerse enfermo.

–Se vieron un par de veces –Cassandra se encogió de hombros–. La gente está ocupada, ya sabes.

–De todas formas, sospecho que Liam no hubiera ido a verlo a la residencia. No le gustaba estar con gente enferma. Él mismo odiaba estar enfermo.

–Sí, lo sé –Cassandra recordó cuánto odiaba perder el pelo durante el tratamiento y cómo había insistido en engendrar a su hija por inseminación artificial en lugar de usar el método tradicional.

Y ella se alegró, no por la enfermedad sino porque Liam ya había matado el amor que había habido entre ellos.

Dominic miró su copa, pensativo.

–No tenías que ir al dentista para nada, ¿verdad?

–No.

–¿Ibas a la residencia?

–Así es, pero lo de trabajar como voluntaria es cierto. Allí necesitan personal y yo necesito hacer algo.

–¿Por qué, Cassandra? ¿Por qué no me contaste la verdad?

Ella respiró profundamente.

–Porque Joe es mi padre y, por lo tanto, mi responsabilidad.

–Eres mi mujer. Si tienes algún problema debes compartirlo conmigo. Además, yo quiero ayudarte.

–Y te lo agradezco, pero estoy acostumbrada a hacer las cosas sola. Le debo mucho a mi padre y quiero que sea lo más feliz posible.

–¿Como haces con tu hermana?

–Sí, claro. No puedo abandonar a ninguno de los dos cuando me necesitan. Mi padre se puso enfermo al mismo tiempo que Liam…

–¿Y tú has tenido que cargar con esa responsabilidad durante todo este tiempo? Deberías haberme contado lo de Joe.

Cassandra se dio cuenta entonces de que Dominic

se sentía herido. Aquel hombre tan fuerte se sentía herido porque no había compartido sus problemas con él y, de nuevo, se preguntó si sentiría algo por ella.

—No quiero que tengas que cargar con los problemas de mi familia. No sería justo.

—Deja que sea yo quien juzgue si sería justo o no —replicó él bruscamente—. ¿Quieres que Joe viva con nosotros? Podríamos contratar a una enfermera para que estuviera con él las veinticuatro horas del día.

—¿Lo dices en serio?

—Sí, claro.

Cassandra se aclaró la garganta.

—Es un detalle precioso por tu parte, Dominic, pero no creo que sea muy práctico. Mi padre está mejor atendido en la residencia. Allí tiene otras personas de su edad con las que hablar… los días que se encuentra bien —le dijo, intentando contener las lágrimas.

—Acabo de entender para qué necesitas el dinero del testamento de Liam. Es para pagar la residencia, ¿verdad?

—Sí.

—El otro día dijiste que te habías casado conmigo a causa del dinero no por él. Ahora entiendo lo que querías decir con eso.

Cassandra miró su copa de coñac. Dominic había imaginado la verdad. ¿Intuiría el resto, que Liam le había dado dinero a cambio de que tuviera un hijo suyo? Debería confiar en él, pensó, pero sabía que no podía hacerlo.

—De verdad querías a Liam cuando te casaste con él, ¿no?

–Sí, claro que lo quería.

–Lo siento, Cassandra. Yo… –Dominic se aclaró la garganta–. Será mejor que te vayas a la cama. Ha sido un día muy largo.

–Dominic…

–Por favor, vete.

Cuando Cassandra salió de la habitación, Dominic se sirvió otra copa de coñac y volvió a dejarse caer en el sofá. Tenía muchas cosas en qué pensar. Había estado tan equivocado sobre su mujer…

Cassandra no era una buscavidas en absoluto. Se había casado con Liam porque estaba enamorada de él y eso hizo que se preguntara si de verdad le habría sido infiel. Liam había creído que era así, pero tal vez estaba equivocado.

Cassandra había sido muy fuerte lidiando con la enfermedad de Liam, la de su padre y el embarazo a la vez sin tener a nadie que la ayudase. Incluso entendía que hubiera presionado para que Liam pasara sus últimos meses en casa de sus padres porque seguramente necesitaba descansar un poco.

Y ahora se había hecho cargo de los problemas de su hermana.

La teoría de que quedó embarazada para poner sus manos en la fortuna de los Roth estaba hecha pedazos. Dominic no podía negar que era una madre maravillosa, una hija compasiva y una hermana estupenda.

¿En qué más se habría equivocado?

En cuanto a su matrimonio, Cassandra estaba siendo muy generosa con él. Sí, tenían sus problemas, pero ella parecía dispuesta a superarlos. No era una buscavidas, era una mujer perfecta. Tenía integridad y principios y se sentía orgulloso de que fuera su mujer.

Se sentía orgulloso de quererla.

En ese momento, todo pareció colocarse en su sitio. Amaba a Cassandra. Amaba a su preciosa mujer y a la madre de su hija, pero sobre todo amaba a la persona que era.

Y después de las navidades le contaría la verdad sobre Nicole. No sería fácil, pero sólo entonces podrían empezar de cero, siendo absolutamente sinceros el uno con el otro.

Cassandra despertó al oír por el monitor los balbuceos de Nicole, pero cuando iba a levantarse Dominic le dio un beso en la mejilla.

–Sigue durmiendo. Yo iba a levantarme de todas formas.

De modo que siguió durmiendo. Y cuando despertó de nuevo encontró una nota sobre la mesilla. Dominic había llamado a la residencia y Jane le había dicho que su padre estaba perfectamente.

Su móvil empezó a sonar en ese momento. Era su hermana.

–Cass, muchísimas gracias.

–De nada. Veo que has recibido el dinero.

–Y no sabes qué alivio es para nosotros. Pero no puedo creer que me hayas enviado siete mil dólares.

–¿Cuánto?

–Siete mil dólares –repitió Penny–. ¿Por qué lo preguntas? ¿Es un error? He visto que había dos transferencias, una por dos mil dólares y otra de cinco mil...

–Ah, Dominic envió los cinco mil entonces. No pasa nada, tranquila, lo importante es que solucionéis el problema. Por cierto, tengo una buena noticia que darte: Dominic me ha dicho que él buscará un trabajo para Dave.

–¿En serio, Cass?

–Sí, claro. Me ha dicho que sois de la familia y era su obligación ayudaros.

Al otro lado de la línea hubo un silencio y Cassandra supo que su hermana estaba llorando.

–Veo que Dominic es mucho mejor para ti que Liam.

–Sí, lo es.

–Espero que encuentres el amor con él, Cass.

Cassandra tuvo que tragar saliva entonces, emocionada pero incapaz de contarle a su hermana que ya estaba enamorada de él.

–Eso espero.

–Dale las gracias de nuestra parte. O mejor, dile que se ponga, así se las daré personalmente.

–No está aquí, está en la cocina con Nicole. Yo acabo de despertarme.

–Bueno, entonces volveré a llamar mañana. Muchísimas gracias por todo, Cass.

–No seas tonta.

Quince minutos más tarde, después de ducharse

y vestirse, Cassandra bajó a la cocina. Pero su marido y su hija no estaban allí sino en el jardín. Dominic había colocado una manta sobre la hierba y estaba grabando a la niña mientras jugaba con sus muñecos. Al verla, Nicole empezó a gatear hacia ella y Cassandra abrió los brazos para tomar a su angelito.

–Mi niña, preciosa. ¿Cómo estás?

Dominic seguía grabando la escena, con una sonrisa en los labios.

–Oye, no me gusta que me graben. Salgo horrible.

–Lo dudo mucho –dijo él–. Pero es para Nicole, quiero que sepa lo guapa que es su mamá.

El corazón de Cassandra se derritió. Le había dicho a menudo que era guapa, pero sólo cuando hacían el amor. Algo había cambiado entre ellos, estaba claro.

Desde el incidente con su padre, Dominic parecía haber comprendido que no era una buscavidas. ¿Podría creer también que no le había sido infiel a Liam? ¿Y significaría eso que ya no estaba en peligro de perder a su hija? ¿Que podría decirle a Dominic que lo amaba?

Si se atrevía a arriesgar su corazón.

–Penny acaba de llamar y me ha dicho que has ingresado cinco mil dólares en su cuenta corriente. No ha sido un error, ¿verdad?

–No.

–Entonces gracias –Cassandra tuvo que controlarse para no decir que se lo devolvería. No, esta vez aceptaría su generosidad–. Le he dicho que vas a buscarle un trabajo a su marido y se ha puesto a llorar.

Él carraspeó, avergonzado.

–Me alegro de poder echar una mano.

–Espera, deja que te grabe yo con Nicole. Así la niña sabrá lo guapo que es su papá.

–¿Su papá? –repitió él.

–Así es como te verá Nicole, como yo veo a Joe. Tú serás su padre en todos los sentidos.

Dominic tragó saliva.

–Sí, claro.

Cassandra puso a la niña en sus brazos y tomó la cámara.

–¿Cómo funciona esto?

Él no respondió. Estaba mirando a la niña como si la viera por primera vez...

–¿Cómo funciona la cámara, Dominic?

–Ah, sí, perdona. Tienes que pulsar el botón de grabación, el rojo.

Una hora más tarde llegó el árbol de Navidad y, después de colocarlo en el salón, Dominic insistió en darle el biberón a Nicole. Y cuando la niña se quedó dormida fueron al dormitorio para hacer el amor.

Si hubiera deseado algo como regalo de cumpleaños, aunque un poco retrasado, sería eso. Sólo esperaba que la cena de esa noche con sus suegros no lo estropease todo. Quería que todo fuera perfecto y tantas cosas dependían de los padres de Dominic...

Capítulo Once

Cassandra intentó controlar los nervios cuando llegaron por fin. Rezaba para que todo saliera bien, esperando que sus suegros pudieran dejar a un lado su hostilidad por esa noche.

Nicole parecía una muñequita con su disfraz de hada y Dominic estaba tan guapo con la niña en brazos...

Y sabía que ella también lo estaba con un vestido verde sin mangas que se ajustaba a la cintura con una cinta plateada. Pero lo más importante era que parecían una familia y tenía la esperanza de que algún día pudieran serlo de verdad.

–¿Qué tal si tomamos un ponche? –sugirió Dominic.

–¿Habéis puesto un árbol de verdad? –exclamó Michael, el primero en entrar en el salón.

–¿Te gusta? –Cassandra sonrió–. Este año me apetecía tener un árbol de verdad en lugar de uno artificial.

Laura, que entraba en ese momento en el salón, se detuvo en la puerta, llevándose una mano a la garganta.

–¿Cómo puedes ser tan insensible, Cassandra? –exclamó.

–¿Qué?

–Tú sabes que nunca pudimos tener un árbol de verdad porque Liam era alérgico…

–No, no… yo sólo quería que Nicole tuviese unas navidades de verdad –se disculpó ella, angustiada–. No estaba intentando recordaros…

–¿Esperas que te crea?

–Ya está bien, mamá –le advirtió Dominic entonces.

–Laura, éste no es momento para eso –intervino Michael, poniendo una mano en su brazo.

Pero Laura se apartó de un tirón.

–No puedo hacerlo. Lo siento mucho Cassandra, pero no puedo evitarlo. Sé que ahora estás casada con Dominic, pero… tú abandonaste a mi hijo. Abandonaste a Liam cuando más te necesitaba y no puedo perdonarte.

Cassandra se llevó una mano al corazón, sin saber qué decir.

–Mamá… –murmuró Adam, avergonzado.

–Lo que has dicho no es verdad, Laura –dijo Cassandra entonces–. Fue Liam quien nos abandonó a Nicole y a mí.

–Tú lo obligaste a volver a nuestra casa cuando deberías haber estado con él…

–Fue *él* quien quiso marcharse –la interrumpió Cassandra–. Quería estar contigo y con Michael, no conmigo y con la niña. Yo no le obligué a nada, al contrario.

–¿Cómo puedes decir eso?

–¡Porque es la verdad! Yo le supliqué que se quedara, pero no me hacía caso. Incluso le pregunté si Nicole y yo podríamos ir con él, pero no quiso.

–No te creo. Liam nunca haría eso –insistió Laura.

–Pues me temo que así fue. Y me temo que hay muchas otras cosas sobre tu hijo que no sabes. No era fácil vivir con Liam cuando estaba bien y fue aún mucho peor cuando se puso enfermo.

–Tú eras su mujer. Eras tú quien debería haberlo cuidado…

–Liam y yo dejamos de querernos mucho antes de que se pusiera enfermo, pero me quedé con él porque era su mujer y porque una vez lo había querido. Sin embargo, al final ni siquiera quería eso de mí.

Laura sacudió la cabeza, decidida a no creerla.

–Escúchame, por favor. Liam sabía que estaba muriéndose y que tenía un tiempo limitado. ¿No crees que debería haber querido estar con su mujer y su hija? Y si no conmigo, al menos con Nicole. ¿Por qué no lo hizo?

Su suegra palideció, pero permaneció firme.

–Porque se cansó de discutir contigo y, al final, se rindió.

–No, no fue así. ¿Tú habrías dejado a tus hijos si supieras que sólo te quedaban unos meses de vida? Liam ni siquiera quería ver a la niña.

–Pero… no lo entiendo. ¿Por qué iba a desear Liam tener un hijo para luego rechazarlo? Es absurdo, no tiene sentido.

Cassandra dejó escapar un suspiro.

–Yo creo que al final Liam tenía miedo. Sabía que no le quedaba mucho tiempo y no quería que a la niña le afectase su enfermedad. No entiendo por qué, pero creo que eso es lo que pasó: Liam no quería vernos.

Laura, angustiada, apoyó la cara en el pecho de su marido.

–¿Tú me crees, Dominic? –exclamó Cassandra, desolada.

–Sí, te creo –dijo él–. Yo…

Laura se apartó entonces de los brazos de su marido.

–Perdóname, Cassandra. Perdona que te haya hablado así. No entiendo lo que pasó, pero sé que eres una buena persona… sé que tú no querías hacerle daño a mi hijo.

Cassandra no podía dejar de mirar a Dominic. Había tenido la impresión de que iba a decir algo antes de que su madre lo interrumpiese. Algo importante. Tal vez iba a pedirle disculpas.

–No llores, Laura, lo entiendo.

–Pero he sido horrible contigo. Incluso me sorprendía a mí misma lo mal que te trataba…

–Era tu dolor por la muerte de Liam, no tú.

–Gracias, Cassandra. Eres una persona muy generosa.

Adam se aclaró la garganta entonces.

–Bueno, ahora que nos hemos quitado eso de encima, vamos a decorar el árbol, ¿no? Me gustaría cenar antes de Año Nuevo.

Dominic no dijo nada. Cassandra habría querido decirle que lo perdonaba, que no debía preocuparse…

–¿Por qué no os sentáis mientras yo voy a comprobar cómo va la cena?

–¿Necesitas ayuda? –preguntó Laura.

–No, gracias, creo que lo tengo todo controlado.

Pero una vez a solas en la cocina se apoyó en la encimera de granito, suspirando. Que por fin su suegra reconociera que estaba diciendo la verdad era un alivio infinito. Ahora podía perdonar a Liam por lo que le había hecho, no sólo durante su matrimonio sino al escribir esa carta llena de mentiras. Además, podía ser generosa. Al fin y al cabo, ella estaba viva y Liam no. Ella tenía a Nicole y a un hombre del que estaba totalmente enamorada.

Antes de volver al salón pasó por el estudio de Dominic para recoger la cámara porque habían quedado en grabar a la niña mientras adornaban el árbol. Pero cuando iba a salir vio el maletín de Dominic abierto e iba a cerrarlo, pensando que lo había dejado abierto sin darse cuenta, cuando unos papeles resbalaron sobre la mesa.

Era el testamento de Dominic.

Cassandra no quería mirar, pero vio su nombre y no pudo evitarlo. Dominic la nombraba en su testamento y también nombraba a Nicole.

A mi hija biológica, Nicole Roth…

Durante un segundo fue como si su corazón hubiera dejado de latir. ¿Nicole era la hija biológica de Dominic? ¿Cómo era posible?

No, absurdo, tenía que ser un error. Habían ido juntos a la clínica para someterse al proceso de inseminación artificial…

Y Dominic había visitado a su hermano.

Liam le había dicho que había ido a verlo cuando estaba preparándose…

Cassandra contuvo un sollozo. Liam debía haberle pedido que lo hiciera por él. ¿Pero por qué? Si quería dejar algo de sí mismo en este mundo, ¿por qué iba a pedirle a Dominic que hiciera algo así?

Al entrar en el salón miró a Nicole, sentada sobre las rodillas de su suegra. La miraba intentando buscar el parecido, pero la expresión que siempre había creído igual a la de Liam no era suya. La forma de sus orejitas, que siempre había pensado era la de Liam, no podía serlo. Y esa sonrisa…

¿Cómo era posible que no se hubiera dado cuenta antes? Era la sonrisa de Dominic. Ahora entendía que se mostrase tan protector con Nicole.

¿Cómo podía haberla traicionado así? ¿Cómo había podido mirarla cada día y no contarle la verdad? El engaño era lo que más le dolía.

Y él debió darse cuenta de que ocurría algo porque al mirar los papeles que llevaba en la mano se puso pálido.

Lo sabía.

—¿Cassandra? —la llamó por fin.

—¿Por qué, Dominic?

Él se levantó del sofá con una dignidad que la sorprendió.

—Porque Liam me pidió que lo hiciera.

Cassandra sacudió la cabeza. No podía creerlo, era una pesadilla.

—¿Qué ocurre? —oyó que preguntaba su suegro.

Ninguno de los dos dijo nada.

–¿Cassandra? ¿Dominic?

Cassandra se volvió hacia Michael entonces. Se le rompía el corazón por ellos, que no tenían la culpa de nada. No sólo habían perdido a su hijo sino que ahora habían perdido la que creían herencia de su hijo. ¿Cómo iba a decírselo?

–Mamá, papá, tengo algo que contaros –intervino Dominic entonces.

–¿Contarnos qué?

–Nicole es mi hija, no es hija de Liam.

–¡Dios mío! –exclamó Adam.

–¿Estás diciendo que Cassandra y tú tuvisteis una aventura mientras Liam vivía? –exclamó Laura, horrorizada.

–¡No, yo nunca hubiese engañado a Liam! –protestó ella–. Pero Liam sí me engañó a mí. Hizo que Dominic donase su esperma en el proceso de inseminación…

–¿Qué?

–¿Pero qué estás diciendo? –exclamó Adam.

–Liam temía que su esperma se hubiera visto afectado por el tratamiento para su enfermedad y en el último momento me pidió que… lo hiciera por él –explicó Dominic–. Y no pude decirle que no, de modo que yo soy el padre de Nicole.

Todos se quedaron en silencio durante unos segundos.

–Entonces Nicole… –empezó a decir Laura, mirando a la niña.

Ésa fue la gota que colmó el vaso para Cassandra.

Tirando los papeles que llevaba en la mano, corrió escaleras arriba sin saber dónde iba y sin que le importase.

Dominic encontró a Cassandra sentada al borde de la cama, su cuerpo sacudiéndose por los sollozos. Habría querido tomarla entre sus brazos, pedirle perdón, decirle que todo iba a salir bien, pero no se atrevía.

Aunque necesitaba que lo perdonase por lo que había hecho.

—Cassandra…

Ella se levantó de un salto.

—¿Cómo pudiste hacer algo así?

—¿No crees que yo me he hecho esa pregunta mil veces? —murmuró él, pasándose una mano por el pelo.

—¿Qué clase de hombre eres, Dominic?

—Tú me dijiste que no serías capaz de abandonar a tu familia cuando te necesitaba y yo no fui capaz de decirle que no a mi hermano. Ésa es la clase de hombre que soy.

—¿Y no se te ocurrió pensar en mí? —le espetó ella entonces. Dominic no respondió—. Sigo sin entender por qué Liam te pidió que lo hicieras. Los médicos le habían dicho que su enfermedad no era hereditaria.

—Lo sabía, pero imagino que en el último momento se asustó. En realidad, estaba preocupado por ti, no por él.

–¿Ah, sí? Pues entonces sería la primera vez.

–Sé que mi hermano no era un santo, pero…

–No, tú no sabes nada –lo interrumpió ella–. Me acusó de tener una aventura con Keith y se negó a creer que no era cierto. Se lo expliqué mil veces, pero no quiso creerme.

–Yo sí te creo, Cassandra. Sé que estás diciendo la verdad.

Se sentía como un idiota por haber creído a Liam. No sabía qué razones tenía su hermano para creer que Cassandra lo engañaba, pero *él* debería haberla creído.

Liam les había mentido sobre tantas cosas… había dicho que iba a casa a morir porque Cassandra no quería estar con un moribundo y tampoco era verdad.

Su hermano le había dado la espalda a ella y a Nicole… y de repente Dominic supo por qué. Sencillamente, no tenía fuerzas para continuar con aquella mentira. Había sido demasiado para él y, al final, había hecho lo único que podía hacer: devolverle a su hija.

Y le había dado a su esposa.

No era lo que Dominic hubiera hecho en su lugar. Si él fuera a dar su último suspiro querría hacerlo en los brazos de su mujer y su hija.

–Tú no conocías a tu hermano –dijo Cassandra entonces, devolviéndolo al presente–. Pero por malo que fuese lo que hizo, lo que tú hiciste es mucho peor. Y nunca te lo perdonaré.

Sus palabras se clavaron en el corazón de Dominic como un cuchillo. De lo único que era culpable era de amar demasiado; a su hermano, a su hija y ahora a su mujer.

De repente, podía verlo todo con claridad. No era sólo por Nicole, era por ella. Y cuando la miró a los ojos, se dio cuenta de que también Cassandra lo amaba.

Y tenía que hacer que lo admitiera o se arriesgaba a perderla para siempre.

—Es más fácil perdonar a un hombre muerto, ¿verdad?

—¿Qué quieres decir?

—Estás furiosa conmigo porque me quieres más de lo que nunca quisiste a mi hermano.

—Yo no he dicho eso —replicó Cassandra, sorprendida.

—Lo sé, cariño. Sé que me quieres. Lo sé porque yo también te quiero a ti.

—¿Qué has dicho?

—Te delatas cada vez que estás entre mis brazos…

—Eso es sexo, Dominic.

—No, no lo es —dijo él—. Sé que se te ha roto el corazón y se me rompe también a mí. Porque te quiero, Cassandra. Te he querido siempre. ¿Es que no te das cuenta?

Ella lo miró entonces como si lo viera por primera vez y luego, casi sin darse cuenta, dio un paso adelante.

—No te muevas de ahí, vuelvo enseguida.

Atónito, Dominic esperó hasta que volvió con un sobre en la mano.

–Quiero que leas esto.

Era la carta de Liam, la que le entregó a Cassandra cuando la informó de que debían casarse.

–¿Qué significa esto?

–Léela y luego dime que me quieres.

Dominic sabía que daba igual lo que dijese en la carta, él seguiría amándola.

Tardó un minuto en entender lo que decía e incluso entonces tuvo que volver a leerla.

–Dice que te pagó para que te quedases embarazada.

–Prometió darme quinientos mil dólares –Cassandra irguió los hombros–. ¿Sigues queriéndome ahora?

–¿Por qué? ¿Para que querías ese dinero?

–¿Tú qué crees? –le preguntó ella.

–Creo que sería por alguna razón noble. Te conozco y sé que te crees en la obligación de ayudar a los demás.

–Gracias –murmuró Cassandra–. El dinero era para pagar el tratamiento y la residencia de mi padre. Liam se negó a dármelo a menos que tuviera un hijo suyo. Pero al final nunca lo ingresó en mi cuenta.

–¿Por qué no me lo contaste?

–Porque podrías haberlo usado contra mí. Y no podía dejar que usaras eso para quitarme a Nicole.

–¿Por qué me lo cuentas ahora?

–Porque sé que no te atreverías a solicitar la custodia de Nicole después de contarme lo que hiciste –respondió ella–. Además, ya era hora de poner las cartas sobre la mesa.

Dominic estaba de acuerdo. Aunque le dolía verla tan angustiada, era un alivio dejarse de secretos.

–Siento mucho haberte hecho daño, pero no puedo lamentar que tengamos a Nicole.

–¿Tengamos? –repitió Cassandra.

–Es nuestra, cariño. Nada puede cambiar eso.

–Dominic…

Él la tomó entre sus brazos y buscó sus labios en un beso en el que prometía amarla, cuidarla y respetarla todos los días de su vida.

Cassandra se apartó unos segundos después para tomar su cara entre las manos.

–Tienes razón, yo también te quiero. Eres un hombre honesto y estoy orgullosa de ser tu mujer.

–Entonces pensamos lo mismo. Nunca he conocido a una persona tan decente como tú.

Tenía que besarla otra vez.

Y lo hizo.

Y cuando dejaron de besarse sonrieron los dos, aunque Cassandra tenía lágrimas en los ojos.

–Tus padres deben estar destrozados.

Dominic suspiró. Tendrían que ayudarlos a entender todo aquel embrollo, aunque no sería fácil.

–¿Bajamos, mi amor?

–Buena idea. Pero antes dame otro beso.

Dominic inclinó la cabeza para besar a su bella esposa. La mujer más generosa que había conocido nunca.

Capítulo Doce

El corazón de Cassandra dio un vuelco al ver a sus suegros abrazados en el porche. Era evidente que Michael intentaba consolar a su esposa mientras Adam, en el jardín, paseaba a Nicole en su cochecito, seguramente para darles un momento de privacidad.

Y Dominic apretó su mano, como para darle valor.

–Mamá, papá… –los llamó. Los dos se volvieron, su madre secándose las lágrimas con un pañuelo–. Espero que podáis perdonarme.

Laura se apartó de su marido y tocó el brazo de su hijo.

–Cariño, no hay nada que yo no pueda perdonarte. Es todo tan complicado, pero… lo entendemos. Entendemos que no supiste decir que no.

Cassandra soltó la mano de Dominic para que pudiese abrazar a su madre.

–No sé qué pasaba por la cabeza de Liam, pero sabemos que tú lo hiciste con la mejor intención, hijo –dijo su padre.

Laura se volvió entonces hacia Cassandra.

–Mi familia te ha hecho sufrir mucho y, sin embargo, tú estás siendo tan magnánima con todos nosotros que no sé qué decir.

–Puedo ser magnánima, Laura. Tengo al hombre que quiero, tengo a mi hija…

–Yo creo que Liam, en el fondo de su corazón, se dio cuenta de que estabais hechos el uno para el otro. Y, a pesar de todo, me alegro mucho de que os diera la oportunidad de estar juntos.

Ella asintió con la cabeza, abrazando a su suegra. Liam era un hombre enfermo y no podía seguir culpándolo, ya no servía de nada.

–Liam fue quien le puso el nombre a Nicole y ahora me pregunto si sería porque se parece a tu nombre. Dominic… Nic, Nicole.

–Yo también lo había pensado –dijo él.

Cassandra asintió con la cabeza. Tenía tantas cosas por las que sentirse agradecida. Compartía una hija maravillosa con el hombre del que estaba enamorada, su padre estaba bien cuidado en la residencia y sus suegros habían vuelto a abrirle su corazón.

–¿Todo bien? –Adam había subido al porche con el cochecito de Nicole y miraba de uno a otro con cara de preocupación.

Cassandra respiró profundamente y sonrió mientras tomaba la mano de Dominic.

–Sí, Adam, todo está bien.

–Mira quién está aquí, pequeñaja –dijo él entonces, sacando a la niña del cochecito–. Es tu papá.

Como si entendiera la importancia del momento, Nicole alargó las manitas hacia Dominic y el corazón de Cassandra se llenó de amor cuando él se las llevó a los labios.

–Sí, papá está aquí, cariño –murmuró–. Siempre

estaré aquí –añadió, mirando a Cassandra– para las dos.

Ella sonrió, intentando contener las lágrimas. Ahora tenía una familia, la que siempre había soñado. Y les deparase lo que les deparase el futuro, estaba segura de una cosa: iban a ser una familia feliz.

Deseo™

La venganza del príncipe

OLIVIA GATES

El príncipe Mario D'Agostino estaba acostumbrado a recibir todo tipo ofertas. Sin embargo, la mujer que le había hecho esa propuesta lo dejó sin respiración. No estaba interesado en hablar de negocios, hasta que se enteró de que la misión de ella era hacerle regresar a su tierra natal, Castaldini, para subir al trono.

Se suponía que seducir al mensajero no era parte del trato. Pero, tras una noche de pasión, Mario supo que Gabrielle debía ser la reina de su corazón. Su mundo se derrumbó cuando descubrió la verdadera identidad de su amante… y la traición clamó venganza.

"Cien mil dólares por una hora de tu tiempo"

¡YA EN TU PUNTO DE VENTA!

Acepte 2 de nuestras mejores novelas de amor GRATIS

¡Y reciba un regalo sorpresa!

Oferta especial de tiempo limitado

Rellene el cupón y envíelo a

Harlequin Reader Service®
3010 Walden Ave.
P.O. Box 1867
Buffalo, N.Y. 14240-1867

¡Sí! Por favor, envíenme 2 novelas de amor de Harlequin (1 Bianca® y 1 Deseo®) gratis, más el regalo sorpresa. Luego remítanme 4 novelas nuevas todos los meses, las cuales recibiré mucho antes de que aparezcan en librerías, y factúrenme al bajo precio de $3,24 cada una, más $0,25 por envío e impuesto de ventas, si corresponde*. Este es el precio total, y es un ahorro de casi el 20% sobre el precio de portada. !Una oferta excelente! Entiendo que el hecho de aceptar estos libros y el regalo no me obliga en forma alguna a la compra de libros adicionales. Y también que puedo devolver cualquier envío y cancelar en cualquier momento. Aún si decido no comprar ningún otro libro de Harlequin, los 2 libros gratis y el regalo sorpresa son míos para siempre.

416 LBN DU7N

Nombre y apellido	(Por favor, letra de molde)	

Dirección	Apartamento No.	

Ciudad	Estado	Zona postal

Esta oferta se limita a un pedido por hogar y no está disponible para los subscriptores actuales de Deseo® y Bianca®.
*Los términos y precios quedan sujetos a cambios sin aviso previo.
Impuestos de ventas aplican en N.Y.

SPN-03   ©2003 Harlequin Enterprises Limited

*Los hombres como Marc Contini no perdonaban…
se vengaban…*

Cinco años atrás, Ava McGuire dejó a Marc y se casó con el mayor enemigo de éste en los negocios, causando un gran escándalo. Pero nadie sabía que la habían forzado a dar el «Sí, quiero». Ahora sólo tenía deudas y otra proposición escandalosa.

Marc quería a Ava en su cama durante todo el tiempo que él deseara…

Amante para vengarse

Melanie Milburne

¡YA EN TU PUNTO DE VENTA!

Deseo™

Bajo sus condiciones

EMILIE ROSE

Hacía años que Flynn Maddox se había divorciado de su mujer… o eso creía él. Pero descubrió que seguían casados y que ella pensaba quedarse embarazada de él mediante la inseminación artificial.

Lo más sorprendente de todo fue darse cuenta de lo mucho que aún la deseaba. Para el implacable hombre de negocios había llegado el momento de emplear sus habilidades profesionales al servicio de una buena causa. Le daría a Renee el hijo que ella tanto anhelaba, pero a cambio le impondría algunas condiciones muy personales.

Walla Walla County Library

Tendría que seguir las normas del vicepresidente

¡YA EN TU PUNTO DE VENTA!